rororo rotfuchs – Herausgegeben von Uwe Wandrey
Originalausgabe

Manuel O., Sohn eines Spaniers und einer Deutschen, berichtet als Schüler einer 8. Realschulklasse; er lebt in Hamburg.
Ingeburg Kanstein: Studium an der Staatlichen Hochschule für Musik, Darstellende Kunst Stuttgart; Theaterengagements u. a. in Stuttgart, Frankfurt, Berlin; Fernsehrollen; Hörspielautorin (Schulfunk und Jugendprogramme); Mitarbeit an der Rundfunkserie «Papa, Charly hat gesagt...» (rororo Nr. 1849, 4071 und 4362); schreibt außerdem Drehbücher für das Schulfernsehen und Kindertheaterstücke; lebt in Hamburg.
Veröffentlichungen: «Ich wünsch mir einen Zirkus» (1977; rotfuchs 268/1981); «Versuch zu leben» (rotfuchs 254/1980) u. a.
Auf Anregung von Ingeburg Kanstein begann der 14jährige Manuel O. diesen Bericht, der ihm zunächst nur helfen sollte, das bedrückende Erlebnis der Flucht vor dem Vater zu verarbeiten. Nach vielen Gesprächen mit seiner Pflegemutter Ingeburg entwickelte sich aus diesem Versuch im Laufe eines Jahres eine Geschichte, die die inneren Nöte und neuen Erfahrungen und Einsichten Manuels, aber auch die von manchen Jugendlichen vielleicht ähnlich empfundenen Schwierigkeiten in einer ihnen nicht immer verständnisvoll begegnenden Erwachsenenwelt schildert. Ingeburg Kanstein hat Manuels Bericht durch eigene Passagen ergänzt, relativiert und vertieft, ohne die für beide Seiten sich ergebenden großen und kleinen Probleme und kritischen Situationen im familiären Zusammenleben zu verharmlosen oder zu verschweigen.

1.–15. Tausend August 1977
16.–20. Tausend März 1979
21.–28. Tausend Januar 1980
29.–35. Tausend Oktober 1980

Veröffentlicht im Rowohlt Taschenbuch Verlag GmbH, Reinbek bei Hamburg, August 1977 / Redaktion Renate Boldt / Umschlagfoto Per Koopmann / rotfuchs-comic (Umschlagrückseite) Jan P. Schniebel / Typographie und Ausführung des Umschlags Manfred Waller / Gesetzt aus der Garamond (Linotron 505 C) / Gesamtherstellung Clausen & Bosse, Leck / Printed in Germany / 380-ISBN 3 499 20155 0

Manuel O./Ingeburg Kanstein

Abhauen – die letzte Chance?

Geschichte einer Flucht

rororo

Rowohlt

Zu verlieren hab ich ja nichts

Abhauen wollte ich eigentlich schon oft. Ich hab immer gedacht, zu verlieren hab ich ja nichts.

So richtig um mich gekümmert hat sich sowieso keiner. Meine Mutter ist gestorben, als ich zehn war. Und vorher war sie schon lange krank und immer im Krankenhaus. An ihr hab ich unheimlich gehangen. Mein Vater ist Spanier, und der ist so richtig altmodisch. Er hat so komische Ansichten wie: «Der Mann ist der Herr im Haus.» Und er hatte oft Krach mit meiner Mutter. So mal reden oder diskutieren, das ist nämlich bei ihm nicht drin. Da brüllt er immer gleich los.

Mein Vater hat dann eine andere Frau kennengelernt, Ursula heißt die. Sie hat eine Tochter, Monika, die ein Jahr älter ist als ich. Wir haben dann alle in unserer Wohnung, die sehr klein war, zusammen gelebt; zwei Hunde und zwei Schildkröten und ein Kanarienvogel kamen auch noch dazu. Am Anfang ging das ganz gut, da haben wir uns alle einigermaßen verstanden. Aber nach einiger Zeit sind wir uns doch auf die Nerven gegangen, und es gab wieder jeden Tag Krach. Ursula erwartete damals ein Baby von meinem Vater, aber heiraten wollte sie ihn nicht. Sie und Monika sind dann ausgezogen – und ich bin mit meinem Vater auch umgezogen.

Als ich dann wieder mit ihm allein wohnte, da ging es erst

richtig los. Immer wenn er Ursula besucht hatte und sie Streit gehabt hatten, dann mußte ich das ausbaden. Mein Vater wollte nämlich Ursula unbedingt heiraten, als mein Bruder geboren wurde. Aber sie wollte nicht von ihm abhängig sein. Und dann die Wohnung. Mann, wie ich da geschuftet hab! Echt, immer hab ich die ganze Wohnung putzen müssen. Überall lagen da Zettel rum: *Abwaschen! Boden schrubben! Türen scheuern!* Und so. Nie vielleicht mal ein Bitte oder Danke. Nee, nie. Und alles einkaufen mußte ich auch. Wenn ich dann mal Zigaretten oder Cola vergessen hatte, hat mein Vater mich nachts aus dem Bett geholt. Manchmal mußte ich noch um zwölf loslaufen.
Und da sollte ich in der Schule ausgeschlafen sein und aufpassen! Aber meinen Vater hat es auch gar nicht interessiert, was in der Schule los war, und dabei war ich damals schon auf der Realschule. Er hat höchstens mal so gefragt: «Ist alles klar in der Schule?» Und wenn ich dann «ja» gesagt hab, dann war er schon zufrieden.
Ich hab mich auch gar nicht getraut, ihm was zu sagen, wenn ich mal eine Arbeit verhauen oder eine schlechte Zensur hatte. Er hatte da nämlich so ganz gemeine Strafen drauf. Zum Beispiel Haare ganz kurz schneiden, so daß mich alle in der Schule ausgelacht haben. Und auch, daß ich nie weggehen durfte zu einem Freund. Und nie gab es Taschengeld. Ich meine, nicht regelmäßig. Immer war ich da von ihm abhängig. Gerade so, wie er Laune hatte. Das hat mich schon immer unheimlich genervt. Aber gegen meinen Vater anzugehen, hab ich mich ja nie getraut. Ich hab das alles in mich reingefressen. Und auch schon richtige Magengeschwüre gehabt. Und da hab ich oft gedacht: Haust du einfach ab.

Ich hab einen Freund, der in meiner Nähe wohnte und der wollte auch immer abhauen. Wir haben uns das so ausgemalt, daß wir uns im Hafen auf einem Schiff verstecken und nach Kanada mitfahren oder so. Aber dann wurde doch immer wieder nichts draus, weil . . . ehrlich, manchmal hatten wir Schiß, daß sie uns erwischen und nach Hause zurückschicken. Und dann hätte mich mein Vater halbtot geschlagen, das wußte ich genau. Trotzdem bin ich mal in den Hafen gegangen und hab mir das alles dort angesehen. Da hab ich erst gemerkt, daß es überhaupt nicht möglich ist, auf so ein Schiff zu kommen. Und da haben wir diesen Plan aufgegeben.
Wir wollten dann unseren Eltern Geld klauen und nach Spanien trampen. In Spanien fragt ja bestimmt keiner, wo man herkommt, und dort kann man auch als Kind arbeiten. Und ich kann ja auch Spanisch. Wir hatten uns alles genau überlegt. Jeden Tag wollten wir nur ein Stück mitfahren und sagen, daß wir in der nächsten Stadt einen Freund besuchen. Aber mein Freund hat dann doch immer wieder Schiß gekriegt, und allein wollte ich nicht abhauen.
Bis dann das Zeugnis kam. Echt, das war ein Hammer. Ich hatte zwar schon so ungefähr gewußt, was drinstehen würde, aber dann hat es mich doch geschockt. Ich war unheimlich fertig. Fünfmal eine Fünf und «Versetzung ausgeschlossen»!
Zuerst habe ich meinen Vater angelogen und gesagt, daß wir die Zeugnisse erst im Januar kriegen, nach den Ferien. Mein Freund hat ihm das auch gesagt, und da hat er's geglaubt. Aber dann hab ich die ganze Zeit über Weihnachten Angst gehabt. Die Feiertage waren echt versaut. Ich konnte

schon überhaupt nicht mehr schlafen, und ewig hab ich Magenkrämpfe gehabt, weil ich nicht wußte, was ich machen sollte.
Als dann die Schule wieder losging, da hatte ich überhaupt keine Chance mehr. Mein Vater wollte das Zeugnis sehen, und er mußte es ja auch unterschreiben. Und da stand für mich endgültig fest: Jetzt haust du ab, mit Freund oder ohne.
Wir haben uns dann nach der Schule verabredet. Ich hatte schon lange vorher zwei Reisetaschen gepackt, weil ich gerüstet sein wollte. Die Taschen hatte ich zuerst unter meinem Bett versteckt und später dann im Keller. Nach der Schule hab ich die Taschen geholt, und mein Freund hat mich dann erst mal im Keller seiner Eltern versteckt. Wir wollten warten, bis es dunkel war und die schliefen.
Mein Freund hat dann später gesagt, das fand ich ganz schön fies von ihm, daß es noch nicht sicher wäre, ob er mitkäme. Denn da war es schon sechs Uhr vorbei, und ich konnte nicht mehr nach Hause. Mein Vater war ja jetzt schon da. Aber dann hab ich gedacht: Och, der kommt schon mit, und irgendwie hab ich auch an Selbstmord gedacht, falls er nicht mitkommen würde.
Ich hab da also die ganze Zeit im Keller gesessen, in einem alten Schrank, das war reichlich unbequem und saukalt, und hab gelesen und dabei meine Angst vergessen – solange ich nicht an meinen Vater gedacht hab jedenfalls. Irgendwie hatte ich mir alles viel schlimmer vorgestellt. Nur als es dann endlich so ungefähr acht Uhr war und mein Freund runterkam und sagte, daß mein Vater angerufen hätte und er gleich herkäme mit der Lehrerin, da war die Angst gleich wieder da. Ich hab ihn gefragt, was mein Vater denn gesagt hätte

und ob er verraten hätte, daß ich hier bin. Er hat nur «nein» gesagt. Das hab ich ihm aber nicht mehr geglaubt.
Er ist dann wieder raufgegangen, weil ja keiner merken sollte, daß ich im Keller war. Und ich hab erst mal dagesessen und überlegt. Bis es auf der Kellertreppe gepoltert hat. Ich hab gedacht, ich sterb sofort vor Angst. Aber es war wieder mein Freund. Und da hab ich ihm gesagt, er sollte das Kellerfenster aufmachen, weil ich nicht wußte, wie das ging, ich wollte sofort abhauen. Mein Freund meinte, ich sollte keinen Scheiß machen, es wäre viel zu kalt draußen, und ich könnte glatt erfrieren im Wald. Aber das Fenster hat er dann doch aufgemacht. Und dabei hat er ganz furchtbar gezittert. Und ich auch, am ganzen Körper. Vor Angst.
Ich hab gar nicht gewußt, wie schlimm das sein kann. Aber jetzt hatte ich keine andere Möglichkeit mehr, ich mußte weg, so schnell wie möglich. Meinen Freund hab ich wieder raufgeschickt, damit die anderen nichts merken, hab mir nur noch schnell meinen Parka geschnappt, an die Taschen hab ich überhaupt nicht mehr gedacht, und bin zum Fenster raus.
Und da hab ich auch schon die Autos gehört. Ich bin ganz schnell über die Straße gerannt in einen Graben hinein und dann noch ein ganzes Stück weiter. Und auf einmal hab ich den Wagen von meinem Vater gesehen und noch ein Auto, das gehörte wohl der Lehrerin. Ich bin dann in einem großen Bogen um das Haus herumgelaufen, immer über Felder, die ganz hart gefroren waren. Ich hab mir überlegt, daß ich warte bis Mitternacht und dann wieder in den Keller klettere. Aber ich hatte dann doch Angst, daß mein Freund oder sein kleiner Bruder mich verraten und gesagt haben, daß

meine Sachen noch alle im Keller liegen. Nee, zurück wollte ich jetzt nicht mehr.
Und so bin ich einfach losgerannt. Es gibt da zwei Straßen, die fast parallel laufen, aber ziemlich weit auseinander, und dazwischen sind Felder und Wald. Und da bin ich immer in der Mitte gelaufen. Jedesmal wenn ein Auto vorbeifuhr, hab ich geglaubt, das wäre mein Vater. Und dann hab ich wieder an Selbstmord gedacht, so: Wenn sie mich jetzt erwischen, dann werf ich mich einfach vor ein Auto. Aber dann hab ich mir wieder gesagt: Die dürfen dich einfach nicht erwischen! Auf einmal hab ich zwei Blaulichter gesehen, von der Polizei, die leuchteten durch die Bäume, es war ja ganz dunkel. Und da hab ich solche Angst gekriegt, daß ich fast am Herzinfarkt war.
Trotzdem bin ich immer weiter gelaufen. Zuerst hatte ich die Kälte nicht so gemerkt, weil ich immerzu nachgedacht hab. Aber dann fing ich doch an zu frieren, am Gesicht und an den Händen. Und an den Beinen, ich hatte ja nur meine Jeans an. Es waren mindestens fünfzehn bis siebzehn Grad minus nachts zu der Zeit. Und schließlich hab ich auch ganz kalte Füße gekriegt. Aber ich bin trotzdem immer weiter gelaufen. Ich hab mir überlegt, wie ich nach Hamburg rein käme. Vom Hauptbahnhof aus wollte ich ein Mädchen anrufen, das ich kannte. Die wußte am Hauptbahnhof Bescheid, weil sie oft da war. Sie hatte gesagt, daß es dort ganz dufte Typen gibt. Ich hatte gerade noch zwanzig Pfennig in meinem Parka, das war mein Glück. Zuerst wollte ich ja mit dem Bus fahren, aber so ohne Fahrgeld, und dann fiel mir auch ein, daß die Polizei den Busfahrern vielleicht schon Bescheid gesagt hatte und daß die mich erkennen und fest-

halten. Also hab ich gedacht: Läufst du eben den ganzen Weg zu Fuß, wird schon gehen.
Angst, so im Wald, weil es da so dunkel war, hatte ich überhaupt nicht. Nur Angst, daß sie mich erwischen. Nach ein paar Kilometern, ich wußte schon überhaupt nicht mehr, wo ich war und wie lange ich gelaufen war, kam ich zu so einer Art Lichtung, und da stand ein Bus. Ich war inzwischen so müde und halb erfroren, daß ich einfach hingerannt bin und eingestiegen. Ich hab den Fahrer gefragt: «Bitte, können Sie mich ein Stück mitnehmen? Ich hab meine Monatskarte vergessen und bin schon ein paar Kilometer gelaufen.» Drinnen saß noch ein Kontrolleur, der war auch sehr nett und hatte nichts dagegen. Die hatten wohl auch Mitleid mit mir, denn inzwischen hatte es angefangen zu schneien, und ich sah richtig wie ein erfrorener Schneemann aus.
Im Bus fühlte ich mich auch ganz sicher. Nur als der irgendwann ganz lange stehenblieb, mindestens zehn Minuten, und der Kontrolleur ausstieg, da hab ich wieder Angst gekriegt, daß jeden Augenblick mein Vater kommen könnte und dann alles aus wäre. Ich hab mich auf meinem Sitz ganz klein gemacht und so getan, als würde ich mir den Schuh zuschnüren, obwohl meine Schuhe gar keine Schnüre hatten. Als der Bus dann endlich weiterfuhr, war ich richtig erleichtert und hab mir selbst Mut gemacht. Bis jetzt war ja alles ganz gut verlaufen, und vielleicht hatte die Polizei, wenn mein Vater die benachrichtigt hatte, vielleicht hatte die ja meine Spur verloren.
In Ochsenzoll bin ich dann in die U-Bahn umgestiegen. Ich hatte natürlich unheimliche Angst vor einer Kontrolle. Es ist ja so, daß die einen nach Hause fahren, wenn man ohne

Fahrkarte erwischt wird. An jeder Station bin ich in einen anderen Wagen umgestiegen. Und dann wurde die Bahn immer leerer. Zuletzt saßen da nur noch eine alte Frau und zwei Typen. Ich hab mir überlegt, ob ich die beiden anmachen sollte, ob die wüßten, wo ich übernachten könnte. Das waren so richtige Hippietypen. Aber dann hab ich mich doch nicht getraut. Also echt, es ist schon was anderes, ob man sich nur ausdenkt, was man alles so machen kann, wenn man abhaut, oder ob man es wirklich tut. Man hat dann doch ganz schön Muffensausen. Ich hab mich auch nicht getraut, die beiden zu fragen, weil das ja vielleicht Schwule sein konnten. Vor solchen hab ich unheimliche Angst. Ich hab gedacht, von so einem Schwulen, da läßt du nichts mit dir machen. Lieber springst du aus dem Fenster. Nee, davor ekle ich mich richtig. Und – ich könnt da auch nichts bringen, selbst wenn ich wollte. Die beiden Typen haben sich dann über Mädchen unterhalten, aber ich hab sie doch lieber nicht gefragt.
Am Hauptbahnhof bin ich dann ausgestiegen. Da waren ganz viele besoffene Türken, die standen da so rum. Ja, und dann kamen ein paar Schwule hinter mir her. Die kamen so an und fragten: «Na, sollen wir denn zu mir gehen?» und «Kriegst auch fünfzig Mark!» Ich bin dann immer ganz schnell weitergegangen. Und einmal hab ich auch gesagt: «Ich bin nicht so einer.» Aber da war einer, der hat sich nicht abschrecken lassen, der ist immer hinter mir hergekommen und hat mich angehauen. Ich bin dann immer schneller gegangen und der auch. Er hat auch immer so komisch gelacht. Und als ich schließlich ganz unten im Hauptbahnhof war, wo sonst kein Mensch war, da hab ich unheimliche

Angst gekriegt und bin gerannt, bis ich wieder auf dem Bahnsteig stand, wo die Züge aus Bremen und so weiter ankommen und wo wieder Betrieb war, und da war er dann irgendwie verschwunden. Hat dann wohl einen anderen angemacht. Ich war jedenfalls erleichtert, daß ich den los war.

Aber jetzt stand ich wieder rum und wußte nicht, was ich machen sollte. Ich hatte mir das so einfach vorgestellt, da irgendeinen Typ anzumachen, um zu fragen, wo man pennen könnte. Aber das wagte ich jetzt nicht mehr. Ich hatte auch großen Schiß vor den Bullen. Man hatte mir erzählt, daß da am Hauptbahnhof unheimlich viele Bullen in Zivil rumlaufen. Ich hab dann so getan, als wenn ich auf dem Weg nach Hause wäre und hab mich nie zweimal an derselben Stelle aufgehalten.

Schließlich hab ich dann für meine letzten zwanzig Pfennig bei Sabine, dem Mädchen, das mir den Tip mit dem Hauptbahnhof gegeben hatte, angerufen. Aber ihr Vater war furchtbar sauer, und ich durfte nicht mit ihr sprechen. Es war ja auch schon unheimlich spät, schon Mitternacht vorbei – ich hatte mir überhaupt nicht überlegt, daß da normalerweise alle Leute schlafen. Da war ich dann richtig niedergeschlagen.

Ja, und so stand ich plötzlich ganz ratlos im Bahnhof rum und wußte einfach nicht weiter. Ich starrte auf so ein paar Flaschen, in die Schiffe eingebaut sind, hab nur gedacht: Oh, ganz schön teuer – die kosteten nämlich alle so fünfzig Mark und mehr. Und da hab ich dann den Typ gesehen. Also echt, das war einer, der ganz in Ordnung aussah. Er hatte so einen Maßanzug an, aus Samt. Ich hab angenommen, daß der bestimmt zu seiner Freundin geht oder von der kommt. Und dann hat er mich angesprochen, so: «Ganz schön teuer hier, nicht?» Zuerst hab ich nur gedacht: Abhauen, das ist ein Schwuler! Aber irgendwie sah der anders aus als die, ganz normal. Ich meine, den Schwulen sieht man das so an, die gehen so anders und die sabbeln auch soviel. Und dann fragte mich der Typ ganz direkt: «Bist du abgehauen von zu Hause? Ich beobachte dich schon die ganze Zeit.»

Ich hatte gleich Vertrauen zu dem. Das ist bestimmt kein Bulle in Zivil, dachte ich. Der ist viel zu jung, höchstens zwanzig oder so. Später hab ich dann erfahren, daß er einundzwanzig war. Ich hab gedacht, dem kannst du es ja ruhig sagen. Und irgendwie war ich auch so fertig und müde, daß ich jemanden brauchte, mit dem ich reden konnte. Und da hab ich es ihm eben gesagt. Wir haben uns dann eine ganze Weile unterhalten, und er hat gesagt, daß er dafür Verständnis hätte und daß er früher auch immer von zu Hause abgehauen sei und froh gewesen wäre, wenn er jemanden gefunden hätte. Und ich könnte ruhig mit ihm kommen und bei ihm pennen. Er wohne in Lübeck und wollte gerade zu seinem Auto.

Ich hatte überhaupt keine Angst mehr, oder vielleicht war ich auch nur zu müde, jedenfalls bin ich mit ihm gegangen. Aber als wir dann im Auto saßen, da hat er angefangen, so gemein über Weiber zu reden. Echt, der hatte einen Wortschatz, nee, so was hatte ich noch nie gehört. Er hat mir erzählt, daß er sich früher, wenn er von zu Hause abgehauen war, immer am Bahnhof von Frauen hat ansprechen lassen. Von so älteren, über dreißig, die es gerne mit so Jungs machen. Und dafür hat er dann immer 150 oder 200 Mark gekriegt. Also echt, ich würde das, glaube ich, nicht bringen, nur so für Geld. Und irgendwie käme ich mir dabei auch richtig schäbig vor. Ich weiß nicht, wenn die Frau noch ganz gut aussieht und man das Geld dringend braucht, dann würde das ja vielleicht fast jeder machen. Aber ich finde das nicht gut. Bei mir müßte das Mädchen schon super aussehen, wenn ich mit der ins Bett gehen sollte, ohne mit ihr befreundet zu sein. Außerdem kommt es wohl auch auf die Stimmung an. Aber Marc, so hieß der Typ, der hat das nicht nur für Geld gemacht, glaube ich, bei dem war auch Vergnügen dabei, so wie der geredet hat.

Und dann in Lübeck, in seiner Wohnung, da hatte er lauter Pornobilder an den Wänden, so ganz große Poster. Es war so eine kleine Zweizimmerwohnung, und kaum waren wir drin, schloß der doch die Tür hinter sich ab. Da hab ich überhaupt nichts mehr gewußt. Warum macht der das? hab ich gedacht. Wenn er doch kein Schwuler ist? Aber da hat er mir erklärt, daß bei ihm schon mal eingebrochen worden sei und daß er das immer so mache. Ja, und dann haben wir uns unterhalten und Musik gehört, und er hat mir auch noch was zu essen gemacht. Ich hatte ja fürchterlichen Hunger.

Er hat mir dann erzählt, daß sein Alter Seemann war und ganz nett, aber seine Alte, die ist Lehrerin, hat immer mit ihm rumgemotzt, und das hat er nicht ausgehalten. Da ist er dann immer für ein paar Tage abgehauen. Und wenn er dann zurückkam, dann war seine Alte erst mal wieder heilfroh. Ich könnte ruhig so zwei, drei Wochen bei ihm wohnen, wenn ich wollte. Er würde dann auch mal Mädchen mitbringen und so.

Ja, und dann hab ich bei ihm auf dem Sofa geschlafen. Erst

hatte ich ja noch ein bißchen Angst, daß er vielleicht doch ein Schwuler ist und sich nur tarnt und zu mir rüberkommt, wenn ich schlafe. Aber als ich ihn dann schnarchen hörte, da bin ich auch eingeschlafen. Ich war ja auch ganz schön fertig von dem Tag.

Am nächsten Morgen hab ich das erst richtig gemerkt. Da haben wir einen Waldlauf gemacht, und ich hatte überhaupt keine Kondition mehr. Aber wenigstens hab ich darüber meine Angst vergessen. Schon am Abend vorher hatte ich zuletzt überhaupt nicht mehr an meinen Vater gedacht und ob der sich vielleicht Sorgen macht oder so. Das hatte ich einfach vergessen, oder es war mir egal. Und morgens hab ich dann gedacht, hier, in Lübeck, brauch ich keine Angst zu haben, da kennt mich ja kein Mensch und vermutet mich auch keiner, und mein Vater bestimmt nicht, jetzt kann er lange suchen.

Als wir dann gefrühstückt hatten, kam ein Anruf von der Mutter von Marc, er sollte zu ihr kommen und ihr zwei Tage helfen. Marc hat mich gefragt, ob ich die zwei Tage allein in der Wohnung bleiben wollte, aber das wollte ich nicht. Da hat er mir Geld gegeben, so 120 Mark, und gesagt, daß ich in Hamburg in einer Jugendherberge wohnen soll. Er hat mir auch genau beschrieben, wo die ist, am Hafen, neben dem alten Elbtunnel, und da sei es billig und das Essen auch gut. Ich sollte aber so tun, als ob ich Ausländer wäre, dann würde ich gar nicht auffallen. In einer Woche wollten wir uns dann wieder am Hauptbahnhof treffen. Er hat mich dann noch zum Bahnhof gebracht und die Fahrkarte nach Hamburg für mich bezahlt.

Aber in eine Jugendherberge zu gehen, dazu hatte ich echt

keine Lust. Das war mir auch zu riskant. Sicher hatten mein Vater und die Polizei schon überall Bescheid gesagt. Ich hatte zuerst auch Angst, als ich auf dem Hauptbahnhof ankam, daß mich die Bullen schnappen würden. Na ja, wenigstens hatte ich jetzt erst mal Geld. Ich bin da dann so rumgelatscht, das fiel gar nicht weiter auf. Es war ja Schulzeit, und es geisterten da viele Kinder rum, die aus der Schule kamen. Ich wollte dann erst mal eine Currywurst und Pommes essen in einem Schnellimbiß. Da saß schon so eine Alte, die hat richtig gestunken, nach Schnaps und auch sonst. Weil kein anderer Platz mehr da war, mußte ich mich neben die setzen, und die hat auch noch so geschmatzt, echt, da konnte ich überhaupt nichts essen.

Ja, und dann hab ich mir überlegt, ob ich meinen Freund anrufen sollte. Der war sicher schon aus der Schule zurück. Ich wollte wissen, was die Lehrerin gesagt hat und mein Vater. Aber dann hab ich gedacht, der hat bestimmt unheimlichen Schiß jetzt. Obwohl er sonst ja immer angegeben hat. Auch wegen Mädchen, da hat er immer unheimlich aufgedreht: «Och, Weiber, Scheiße» und so. Wenn wir mal in eine Diskothek gegangen sind, hat er immer gesagt: «Komm, laß uns eine aufreißen.» Also, ich finde, so was muß sich doch ergeben, aber nicht auf diese Tour. Auch von seiner Freundin hat er mir wer weiß was erzählt, und dann hat sie mir gesagt, daß das alles gar nicht stimmte, daß er unheimlich schüchtern wäre. Der war überhaupt nicht auf die Idee gekommen, ihr einen Kuß zu geben, da mußte sie immer die Initiative ergreifen. Aber vor mir, da hat er immer unheimlich angegeben. Und eben auch mit dem Abhauen. Und dann hat er mich echt hingehalten. Hat immer gesagt: «Morgen», nur damit er noch einen Tag zu Hause bleiben konnte. Und später hat er dann behauptet, daß er seinen Paß nicht finden könnte. Immer hatte er andere Gründe. Aber ich hatte ja niemanden, mit dem ich hätte abhauen können, und sonst, das muß ich schon sagen, sonst war er ja auch ein prima Kumpel. Vielleicht hätte er sich ja nicht mehr so aufgespielt, wenn ich ihn ein paarmal verprügelt hätte. Aber das war ja jetzt sowieso egal. Und ich wollte ihn plötzlich auch nicht mehr anrufen, weil ich Angst hatte, daß er dann doch seinen Eltern oder meinem Vater sagen würde, wo ich bin.

Da hab ich dann Sabine angerufen. Die fand das ganz Klasse, daß ich abgehauen bin. Sie bewunderte mich richtig, und das tat mir auch echt gut. Sie wußte ja nicht, wieviel Schiß ich davor gehabt hatte, und dann die Angst die ganze Zeit. Da kommt man sich ja wirklich vor wie ein gehetztes Tier.

Sabine hat mir noch gesagt, ich sollte in die «Fabrik» gehen, um vier, und da so einen Typ treffen, der in einer Kommune wohnt. Aber ich fand, das hatte auch keinen Sinn. Von der Fabrik hatte ich zwar schon viel gehört. Das ist so ein Treffpunkt für Jugendliche, da gibt es Jazzmusik und Bier, und eine Teestube soll auch da sein. Vielleicht, wenn ich gefragt hätte in Altona, vielleicht hätte mir ja jemand den Weg gezeigt. Aber wie sollte ich den Typ da finden, ich wußte ja nicht mal seinen Namen. Und in solchen Häusern sucht die Polizei doch bestimmt zuerst, und ich wollte es nicht riskieren, daß ich da ganz friedlich rumsitze und mich unterhalte, und dann kommt da plötzlich ein Bulle rein und nimmt mich mit.

Also war das auch wieder nichts. Und da bin ich einfach mit

der U-Bahn zur Hallerstraße gefahren. Dort kenne ich mich aus, ich hab da in der Nähe früher mal gewohnt. Was ich dort so richtig wollte, wußte ich auch nicht. Ich hab gedacht, vielleicht treffe ich ja einen Freund von früher und kann mit dem reden. Und wie ich da so rumging, fiel mir plötzlich ein, och, ich könnte ja mal zu Ingeburg gehen.

Ingeburg, das ist eine Schauspielerin. Keine berühmte, sie spielt oft nur so kleinere Rollen im Fernsehen. Sie ist auch schon älter, so über dreißig. Aber unheimlich nett, auch wenn sie ziemlich mollig ist. Doch das macht ihr nichts aus. Sie schreibt auch Hörspiele für den Schulfunk und andere Sachen. So über Drogen und Klauen, und einmal hat sie auch was über Gastarbeiter geschrieben. Das hat sie uns immer zu lesen gegeben und mit uns darüber geredet.

Früher, als wir hier noch wohnten, da hab ich sie manchmal mit Monika besucht. Da wohnte Ingeburg ganz allein in einer riesengroßen Altbauwohnung. Ihr Freund war gerade ausgezogen, und sie war unheimlich traurig darüber. Aber wenn Kinder bei ihr waren, dann hat sie sich das nie anmerken lassen. Da war sie echt in Ordnung. Zu ihr sind immer die Kinder aus der ganzen Nachbarschaft gekommen und haben ihr alles erzählt. Und manchmal hat sie dann mit den Eltern Ärger gekriegt, weil die nicht wollten, daß sie sich einmischt. Da war zum Beispiel einer, bei dem waren die Eltern geschieden, und der Vater wohnte jetzt im Ruhrgebiet mit einer neuen Frau. Und Jürgen, so hieß der Junge, wollte immer mit seinem Vater telefonieren und ihn besuchen. Aber die Mutter hat ihm das verboten und ihm gesagt, daß der Vater von ihm nichts mehr wissen wollte. Jürgen hat das nicht geglaubt. Und da hat ihm Ingeburg erlaubt, bei ihr zu telefonieren, und der Vater hat sich unheimlich gefreut und versprochen, daß er Jürgen in den Ferien holt. Das hat dann ein riesiges Theater mit der Mutter gegeben. Aber Ingeburg hat es wirklich geschafft und durchgedrückt, daß Jürgen zu seinem Vater fahren durfte. Die Mutter hat dann kein Wort mehr mit Ingeburg gesprochen und sie auch nicht mehr gegrüßt und sie überall schlechtgemacht, aber das hat Ingeburg nichts ausgemacht.

Ingeburg hat keine eigenen Kinder, sie hat immer gesagt, daß es genug Kinder auf der Welt gibt, um die man sich kümmern muß. Und sie hat immer davon geträumt, ein großes Haus zu haben, wo sie Kinder zu sich nehmen kann. Irgendwann hat sie uns auch mal erzählt, daß sie selbst so ein beschissenes Zuhause gehabt hat und mit vierzehn abgehauen ist. Aber sie kannte so eine Fürsorgerin, die hat ihr geholfen. Sie war dann in einem offenen Heim, und da hat es ihr auch gut gefallen, und mit siebzehn hat sie schon allein gewohnt. Und später dann, obwohl sie nur auf der Volksschule gewesen ist, hat sie trotzdem noch studiert. Ingeburg versteht auch echt viel von Kindererziehung. Und da hab ich mir gedacht, gehst du einfach mal rauf, vielleicht wohnt sie ja noch da.

Hier bist du sicher

Zunächst wußte ich nicht, wer da vor mir stand, als ich die Tür öffnete.
«Tach», sagte er.
«Tach», sagte ich. Und überlegte. Ich kannte das Gesicht. Aber ich wußte beim besten Willen nicht, zu wem es gehörte. Die großen braunen, aufgerissenen Augen unter der zerzausten Prinz-Eisenherz-Frisur. Dieser hochaufgeschossene Junge mit dem Parka und dem ersten Flaum auf der Oberlippe – wer war das?
«Erkennst du mich nicht mehr? Ich bin Manuel.»
Manuel! Natürlich. Wie groß er geworden war. Ich hatte ihn zuletzt vor ungefähr drei Jahren gesehen. Damals wohnte er ein paar Straßen weiter. Und zu den Kindern aus der Nachbarschaft, die mich regelmäßig besuchten, gehörten eines Tages auch er und seine Schwester Monika und irgendwelche Hunde, die sie gerade besaßen oder ausführten. Ich mochte die beiden sehr gern, obwohl sie sich von den anderen Kindern unterschieden. Sie waren mir zu ruhig, zu bescheiden, zu höflich. Und ein richtig vertrauter oder auch zärtlicher Kontakt, wie zu den meisten anderen Kindern, hatte sich mit den beiden nie ergeben. Trotzdem kamen sie immer wieder – und immer brachten sie mir etwas mit: eine Blume, ein Eis, ein Bild, das sie gemalt hatten, oder sonst

irgendwas. Ich hatte immer gehofft, daß sich das im Laufe der Zeit ändern würde, daß sie mehr Vertrauen zu mir bekämen. Aber dann haben sie mir irgendwann erzählt, daß sie umziehen würden – und ich habe nie wieder etwas von ihnen gehört.

Und nun stand dieser groß gewordene Junge vor mir.

«Willst du nicht reinkommen?» fragte ich und schob den Riegel zur Seite.

Schnell trat er in den Flur, schloß ebenso schnell die Tür.

«Ich bin abgehauen von zu Hause. Versprichst du mir, daß ich heute nacht hierbleiben darf? Versprichst du mir das? Echt, das mußt du mir versprechen. Auch wenn die Polizei kommt, ja?»

Wieviel Angst er hatte. Und wie müde er aussah.

«Komm doch erst mal richtig rein. Willst du deinen Parka nicht ausziehen? Und setz dich. Willst du erst mal was essen? Ich hab gerade frische Suppe. Seit wann bist du denn weg?»

Seine Gehetztheit steckte mich richtig an.

«Nö, laß nur, ich hab keinen Hunger. Und ich kann auch nichts essen, ich hab immer Magenkrämpfe», sagte er – und stand immer noch im Flur. Ich schob ihn erst mal ins Büro aufs Sofa – seinen Parka wollte er unter keinen Umständen ausziehen, fast krampfhaft hielt er sich daran fest.

«Sag mal, was machst du, wenn jetzt die Polizei klingelt? Kann ich mich hier verstecken? Aber nee, ich glaub nicht, daß die Polizei weiß, daß ich hier bin. Die haben bestimmt meine Spur verloren. Und mein Vater auch nicht. Der kommt nicht drauf, daß ich bei dir bin. Aber was machst du, wenn die jetzt klingeln? Echt, was machst du dann? Ich geh

nicht mehr nach Haus. Lieber laß ich mich fangen und geh in ein Heim. Was meinst du, ob mich die Polizei nach Hause bringt, wenn sie mich erwischt? Echt, mein Vater, der schlägt mich tot. Nee, nach Hause geh ich nicht mehr. Du, was machst du, wenn ... Angenommen, es klingelt jetzt, und draußen steht mein Vater mit der Polizei und will mich mitnehmen? Was machst du dann?»
«Wenn du nicht gehen willst, kommt hier keiner rein, das versprech ich dir.»
«Aber wenn sie doch reinkommen? Muß ich dann mitgehen?»
«Ja, dann schon. Wahrscheinlich. Aber hier kommt ja keiner rein. Beruhige dich doch erst mal.»
«Aber wie willst du denn das machen? Wenn die jetzt klingeln?»
«Ich hab einen Riegel an der Tür, das hast du doch vorhin gemerkt. Und wenn ich den nicht aufmache ...»
«Aber wenn sie dich zwingen? Die können dich doch anzeigen oder so was. Können die so was nicht?»
«Ich weiß nicht, vielleicht. Aber das ist mir egal.»
«Aber wenn du dann ins Gefängnis kommst?»
«Hör auf mit dem Quatsch. Außerdem ist mir das auch egal. Da wollt ich sowieso schon immer mal hin.»
«Echt?»
«Ja, um darüber etwas zu schreiben. Zieh endlich deinen Parka aus.»
«Nee, echt, ich glaub, ich geh jetzt lieber wieder. Also, tschüs ...»
«Zieh deinen Parka aus und setz dich wieder. Wenn sie hinter dir her gewesen wären, dann hätten sie inzwischen

auch schon geklingelt. Klar? Also, jetzt erzähl erst mal der Reihe nach.»

So ruhig, wie ich tat, war ich keineswegs. Die Angst des Jungen hatte sich schon deutlich auf mich übertragen. Und ich ärgerte mich darüber. Es wäre schließlich nicht das erste Mal, daß die Polizei vor meiner Tür steht und die Herausgabe eines Kindes oder Jugendlichen fordert. Ich habe mich immer korrekt verhalten, habe mit den Beamten geredet, war selbst einmal vierzehn Tage mit dem Jugendschutz unterwegs, als ich ein Hörspiel über Drogen schreiben wollte. Was konnte schon passieren? Aber das war genau der Punkt. Ich wußte genau, Manuel würde ich nicht herausrücken. Ihn nicht jetzt zurück zu seinem Vater schicken, vor dem er solche Angst hatte. Also mußte ich etwas unternehmen. Aber was? Während Manuel mir in Stichworten erzählte, warum und wann er ausgerissen war und was er inzwischen erlebt hatte, dachte ich angestrengt nach.

Mir fiel zuerst ein Lehrer ein. Ich suchte seine Nummer heraus und griff zum Telefonhörer.

«Was machst du? Rufst du jetzt die Polizei an und sagst, daß ich hier bin?»

Manuel war aufgesprungen und stand, bereit zur Flucht, schon an der Tür.

«Spinn nicht rum jetzt, ja? Setz dich wieder. Ich ruf nur einen Lehrer an, den ich kenne. Vielleicht kann er uns sagen, was wir machen sollen.»

«Aber wenn du dem erzählst, daß ich hier bin, dann ruft der bestimmt die Polizei an.»

«Du kannst ja zuhören, was wir reden, o.k.?»

«Aber du sagst nicht, daß ich hier bin?»

«Ich kann mich auf den verlassen, bestimmt.»
«Aber wenn du ihm sagst, daß ich hier bin, renn ich sofort weg!»
Er blieb.
Aber dieser Lehrer sagte mir auch nur, was ich schon wußte: Daß ich mich strafbar mache, daß ich «das Kind» in einem Heim abzugeben habe oder die Polizei sofort benachrichtigen müsse. Und dann noch der Tip, wir sollten uns an die anonyme Schülerhilfe wenden.
Aber die sagten auch nichts anderes. Fügten nur hinzu: Wir können uns ja mit dem Jungen unterhalten, er kann ja herkommen. Und weiter? Was dann? Ja, dann müßten sie ihn auch in eines der Durchgangsheime bringen.
Der Jugendrichter, den ich anschließend noch anrief, machte mich nur wieder darauf aufmerksam, daß ich mich strafbar mache, riet mir dringend, «die Finger davon zu lassen». Ansonsten verwies er mich an die Jugendfürsorge. Das war ein guter Tip – aber wie erreicht man da jemanden nach 17 Uhr?
Ich hatte alle Mühe, Manuel zwischen den Gesprächen zu beruhigen. Immer wieder stand er plötzlich an der Tür und wollte weg. Ich hab ihm mehr als zwanzigmal versprochen, daß er in meiner Wohnung sicher sei, sicherer jedenfalls, als wenn er draußen herumrennen würde. Daß ich die Tür nicht öffnen würde oder daß ich sagen würde, er wäre nicht mehr da, und daß er sich in meinem Kleiderschrank verstecken könne, wie er es vorgeschlagen hatte. «Für alle Fälle», wie er sagte.
Als dann feststand, daß wir an diesem Tag nichts mehr unternehmen konnten, und auch nach drei Stunden weder

die Polizei noch sein Vater sich gemeldet hatten, beruhigte sich Manuel langsam. Er konnte sogar etwas essen, ohne Magenkrämpfe zu bekommen, und verzog sich dann ziemlich früh mit einem Stapel «Asterix»-Hefte ins Kinderzimmer. Dieses Zimmer hatte sich ein Jahr zuvor ein anderer Pflegejunge eingerichtet, und ich hatte nichts daran verändert, weil ich immer noch hoffte, er würde wieder zurückkommen.

Als Kind hast du nichts zu bestimmen

Als ich am nächsten Morgen aufwachte und so im Bett lag, fühlte ich mich eigentlich sicher. Ich hatte ziemlich lange geschlafen und überhaupt nichts geträumt. Irgendwo ganz weit weg waren ein paar schreckliche Gedanken an meinen Vater und an meine Zukunft. Aber das hab ich dann gleich wieder vergessen, als Ingeburg anklopfte und fragte, ob ich mit ihr und einer Freundin frühstücken wollte. Das war für mich echt ganz neu, daß jemand an die Zimmertür klopft und auf meine Antwort wartet und nicht so einfach reingefegt kommt. Ich hab mich überhaupt gleich heimisch gefühlt, obwohl ich noch nicht mal vierundzwanzig Stunden da war. Mir ist schon an diesem Morgen richtig aufgegangen, daß ich von Ingeburg voll akzeptiert wurde. Auch mit all meinen Schwächen. Es war ja vielleicht keine Schwäche, aber irgendwie kam ich mir negativ vor, weil ich von zu Hause abgehauen war.

Ingeburg ließ mich auch immer aussprechen, ohne mich zu unterbrechen. Und ihre Freundin ebenso. Das war auch eine Schauspielerin, so eine ganz kleine, die spielte gerade in einem Stück von Ingeburg ein kleines Mädchen. Sie sah auch nicht so aus, wie ich mir Schauspielerinnen immer vorgestellt habe und wie man die immer im Fernsehen sieht. Sie war auch unheimlich nett. Eigentlich wohnte sie ja gerade in

dem Kinderzimmer, aber sie hatte auf dem Sofa im Büro geschlafen und sich dann gleich ein anderes Zimmer gesucht. Ich wollte das nicht, ich wußte ja noch gar nicht, wie es jetzt weitergeht mit mir, aber die beiden haben einfach gesagt, das wäre schon so in Ordnung. Und da konnte ich ja nichts mehr machen.
Gleich nach dem Frühstück hat Ingeburg mit der Fürsorge telefoniert. Da ging das Theater sofort wieder los. Keiner wollte zuständig sein, weil ich ja aus einem Vorort von Hamburg abgehauen war und dann noch Ausländer bin. Aber irgendwie hat Ingeburg es doch noch hingekriegt, daß der zuständige Fürsorger versprochen hat zu kommen. Echt, Ingeburg kann ganz schön wütend werden am Telefon, wenn man sie hinhalten will oder so was. Ich hatte da schon wieder unheimliche Angst, daß die meinem Vater Bescheid sagen würden oder ihn mitbringen und daß ich dann mit ihm gehen müßte. Ingeburg sagte zwar immer wieder, daß ich das nicht brauche, aber echt, ich hatte viel zuviel Angst, um ihr das zu glauben.
Jedenfalls war dann der Vormittag schnell vorbei. Und dann kam der Fürsorger. Allein. Und hat ganz lange mit mir geredet. Er hat alles mögliche gefragt und sich Notizen gemacht. Und er hat mich auch immer aussprechen lassen und hat auch gewartet, wenn ich mal eine Pause machte, weil ich nicht weiter wußte oder auch nicht wußte, ob ich ihm alles erzählen sollte, von meinen Eltern und so. Er war unheimlich nett, auch schon älter, und ich hatte dann auch gleich Vertrauen zu ihm, als er mir sagte, daß ich nicht mit nach Hause muß, jedenfalls nicht gleich, wenn ich nicht wollte. Früher, wenn ich da was von Fürsorge hörte, da hab

ich immer gedacht, das sind so ganz bekloppte Leute, mit denen willst du nichts zu tun haben, doch jetzt dachte ich schon etwas anders darüber.
Aber dann sagte er plötzlich, wir hatten da schon ganz lange miteinander geredet, mein Vater säße in seinem Büro und wollte mit mir sprechen. Also echt, da war ich schon wieder ein richtiges Nervenbündel. Und fühlte mich auch wieder verraten und reingelegt. Also hatten sie doch meinem Vater Bescheid gesagt, und jetzt wollten sie mich in eine Falle locken. Ich sollte mit ins Büro gehen. Aber ich weigerte mich in panischer Angst.
Der Fürsorger sagte dann, man hätte meinem Vater nur gesagt, daß man weiß, wo ich bin, aber ihm nicht die Adresse genannt. Er könnte also nicht herkommen. Ich könnte ruhig mit ihm gehen, mir würde nichts passieren, das würde er versprechen. Aber ich wollte trotzdem nicht und heulte schon wieder. Da sagte Ingeburg: «Hör auf zu weinen, du bleibst hier, Schluß!» Das hat Herr Borsch, so heißt der Fürsorger, dann auch verstanden. Und dann haben wir wieder ganz lange miteinander geredet.
Schließlich hab ich ganz unsicher eingewilligt, wenigstens am Telefon mit meinem Vater zu reden. Ich ließ ihn nur ein paar Worte sprechen. Mit weinerlicher Stimme sagte er: «Manuel, mein Junge . . .» oder so was. Da hab ich den Hörer weggelegt. Als ich seine Stimme hörte, empfand ich ein Gefühl, das sich unheimlich schwer beschreiben läßt. So in der Richtung Ekel, Angst und ein bißchen Mitleid. Ich fühlte mich auch irgendwie von der Stimme angezogen, aber die Angst war stärker, und ich wünschte mir, daß mein Vater nicht wäre. Damit meine ich nicht, daß ich mir seinen Tod

wünschte, ich hatte nur den ganz starken Wunsch, nicht mit meinem Vater zusammenzutreffen.
Ich hatte auch unheimliche Angst vor meiner Zukunft. Ich war sicher, daß mein Vater mir mein Abhauen nie verzeihen würde, auch wenn er es beteuerte, und daß mich zu Hause die Hölle erwarten würde. Oder da, wo ich sonst vielleicht hinkommen könnte. In ein Heim bestimmt. Und da wäre ich dann ganz allein, denn im Heim muß man sich den Erzieher manchmal mit zwanzig anderen teilen. Und dann weiß man auch nicht, ob man sich mit dem überhaupt versteht.
Ich war jedenfalls unheimlich froh, als Herr Borsch und Ingeburg sagten, daß ich erst mal die nächsten Tage bleiben könnte und daß Herr Borsch noch mal mit meinem Vater reden wollte und wir dann weitersehen wollten.
Ingeburg und Heinz, ihr Mann, den ich jetzt erst kennengelernt hab, waren unheimlich nett zu mir. Nur daß ich nicht rauskonnte, das war schon ziemlich schlimm. Das heißt, es hatte mir keiner verboten, aber ich hatte Angst, daß ich auf der Straße so durch Zufall meinem Vater begegne. Oder daß die Polizei vielleicht mein Bild hat und immer noch nach mir sucht. Jedenfalls bin ich nicht rausgegangen, war immer nur in der Wohnung.
Aber das war dann trotzdem ganz schön. Ich hatte ja zum erstenmal in meinem Leben ein eigenes Zimmer. Und darin konnte ich machen, was ich wollte. Es hat sich auch keiner drum gekümmert, wie es darin aussah. Ich bin ja nicht gerade ordentlich, bei mir liegt immer was rum. Aber Ingeburg hatte gesagt, einmal in der Woche gründlich saubermachen, das ist Pflicht, aber sonst kümmerte sie sich nicht darum. Und sie und Heinz haben auch immer angeklopft

und gewartet, bis ich antworte. Das finde ich ganz toll. Echt, da hab ich mich zum erstenmal richtig wie ein Mensch gefühlt, der auch mal was darf.
Aber da war dann doch immer die Angst vor meinem Vater. Die Fürsorge hatte ihm die Telefonnummer gegeben, und er hat immerzu angerufen. Aber ich wollte nicht mit ihm sprechen. Und dann hat er immer Ingeburg beschimpft. Ihr hat das aber nichts ausgemacht. Sie hat nur geantwortet: «Tut mir leid, aber Manuel möchte nicht, kann ich ihm was ausrichten?» Oder so. Und dann hat sie mich mithören lassen, was er sagt. Da war ich dann manchmal schon traurig, daß ich mich nicht mit ihm verstehen konnte. Ich meine, ob man will oder nicht, man kann das auch gar nicht richtig erklären, aber irgendwie merkt man ja doch, daß da so was ist wie «das eigene Blut» oder so.
Ungefähr eine Woche später ist mein Vater dann mit Herrn Borsch gekommen. Herr Borsch hatte mir vorher schon am Telefon gesagt, ich brauchte keine Angst zu haben, ich brauchte nur mit ihm zu reden. Und das wollte ich auch, weil ja Ingeburg und Herr Borsch dabei waren. Aber dann war es genauso wie vorher. Erst hat mein Vater immer wieder gesagt, wie lieb er mich hat und daß er alles nur für mich getan hat. Das hat mich wieder richtig aufgeregt. Was denn? hab ich immer nur gedacht. Und dann hat er angefangen, mich zu beschimpfen: Wie ich ihm das antun könnte! Vater und Sohn, die gehörten zusammen! Was fremde Menschen dabei zu suchen hätten! Und warum ich nicht zu ihm gekommen wäre! Und all so ein Blödsinn. Wenn ich antworten wollte, ist er mir immer richtig über den Mund gefahren. Und dann hat Herr Borsch zu ihm gesagt, er sollte mich

doch mal ausreden lassen. Aber da hab ich mich schon nicht mehr getraut. Ich hab nur in meinem Stuhl gesessen und immer wieder gedacht: Ich muß ja nicht mitgehen. Ingeburg hat's versprochen.
Ihr hab ich da schon richtig getraut. Irgendwie wußte ich, daß ich mich auf sie verlassen konnte. Aber da war immer noch so eine Angst, daß ich vielleicht doch mitgehen müßte und Ingeburg daran gar nichts ändern könnte. Jedenfalls war das eine richtig beschissene Situation. Ich kann das gar nicht anders ausdrücken.
Und dann ist mein Vater aufgestanden und hat gesagt: «So, und jetzt gehen wir nach Hause!» Herr Borsch und Ingeburg haben nichts gesagt. Und ich auch nicht. Er hat dann noch gesagt, daß er sofort mit mir in Urlaub nach Teneriffa fahren wollte. Da ist mein Vater nämlich her, und da wohnen auch unsere Verwandten. Aber Herr Borsch hat geantwortet, daß das nicht ginge, weil ich ja hier in die Schule muß. Und ich wolle ja auch nicht weg. Na, jedenfalls hat mein Vater dann wohl eingesehen, daß er keine Chance hat. Er wollte jetzt erst mal mit Ursula reden, sagte er. Mit der hatte er sich inzwischen wieder versöhnt, wohl auch wegen meinem kleinen Bruder. Als er dann aufstand, hat er geweint. Und ich hab auch geweint, irgendwie hat er mir doch leid getan, und ich wollte mich ja mit ihm verständigen. Und dann hat er mich in den Arm genommen und ist mit Herrn Borsch gegangen. Also echt, ich war trotzdem erleichtert und hab gedacht, jetzt hat er es eingesehen, und wenn wir jetzt öfter miteinander reden, dann wird bestimmt noch alles gut.
Aber schon zwei Tage später hat mein Vater wieder immer-

zu angerufen und Ingeburg gesagt, daß er mich am kommenden Dienstag nach Hause holen würde. Dann kam noch so was wie: «Jetzt hat er lange genug rumgesponnen, jetzt ist es genug, ein Kind gehört zu seinem Vater.» Ich hab das alles mitgehört, weil Ingeburg mir immer den Hörer hingehalten hat. Und da hab ich wieder Magenkrämpfe gekriegt. Ich wollte bei Ingeburg und Heinz und in meinem ersten eigenen Zimmer bleiben, noch jedenfalls. Wie es wirklich weitergehen sollte, darüber hab ich gar nicht nachgedacht. Ich wollte nur nicht nach Hause. Nur nicht mit meinem Vater alleinbleiben.

Aber so einfach geht das alles nicht, das hab ich da gelernt. Es nützt nichts, wenn man sagt: «Ich will aber nicht» oder «Ich will lieber da oder dort bleiben.» Wenn die Eltern das nicht wollen, echt, da hast du als Kind gar keine Chance, da wird einfach über dich bestimmt, und du kannst gar nichts dagegen machen. Oder nicht viel. Jedenfalls, allein schaffst du gar nichts.

Ich hatte ja Gott sei Dank Ingeburg. Die hat mit allen möglichen Leuten telefoniert. Aber wieder war keiner zuständig. Andere Stadt, andere Behörde, und dann bin ich ja auch noch Ausländer.

Also echt, das stört mich richtig, daß ich hier als Ausländer gelte. Dabei bin ich doch hier geboren, und meine Mutter war Deutsche. Und ich fühle mich auch als Deutscher. Wenn ich achtzehn bin, werde ich das auch, dann kann ich mir das ja aussuchen. Aber an meinem Namen wird man ja immer merken, daß ich eigentlich Ausländer bin. Irgendwie wird man hier in Deutschland deshalb auch ganz anders angesehen, das liest man ja auch immer in der Zeitung, und

die Leute haben da ganz schön Vorurteile. Ich glaube, wenn ich später mal heirate, dann sagt der Vater von dem Mädchen bestimmt: «Ooooch, so ein Ausländer!» Man hört ja auch soviel, daß Ehen mit Ausländern oft schiefgehen. Und da hat so ein Vater vielleicht Angst um sein Kind. Und manchmal sind die Vorurteile ja auch berechtigt. Zum Teil aber auch nicht. Also, ich möchte schon lieber als Deutscher angesehen werden. Dann hätte Ingeburg bestimmt auch nicht solche Schwierigkeiten gehabt. Die ganze Woche über hat sie fast nichts anderes getan als telefoniert und sich aufgeregt.
Und dann war da noch Heinz, ihr Mann. Der war zwar unheimlich nett zu mir. Aber ich hab trotzdem mitgekriegt, daß sie sich manchmal wegen mir gestritten haben. Heinz hat es ja wirklich gut gemeint mit Ingeburg, das konnte man merken. Aber er hat immer gesagt, sie steigerte sich da in etwas rein, und am Ende käme da doch nichts bei raus. Aber Ingeburg wollte davon überhaupt nichts wissen. Ich glaube, sie hat auch nur so für mich gekämpft, weil sie traurig und enttäuscht war, daß Gundolf nicht mehr bei ihr war. Das ist der Junge, der vorher in meinem Zimmer gewohnt hatte. Er ist genauso alt wie ich, und mit dem ist sie irgendwie verwandt, und den hat sie wohl sehr liebgehabt. Jedenfalls hat sie immer wieder bei Heinz ihren Kopf durchgesetzt. Und am Montag, also einen Tag bevor mein Vater mich abholen wollte, da ist sie mit mir losgegangen. Obwohl sie eine schlimme Grippe hatte und eigentlich ins Bett gehörte. Aber sie hat einfach gesagt: «Jetzt haben wir keine andere Chance mehr. Wenn du nicht zurückwillst zu deinem Vater, dann müssen wir was unternehmen.»
Herr Borsch hatte gesagt, er könne jetzt nichts mehr tun, da

müßte jetzt ein Jugendrichter einen Beschluß fassen oder so was ähnliches, so genau hab ich das nicht verstanden. Aber Ingeburg kannte sich aus. Sie ist mit mir in die Stadt gefahren. Da ist in einem großen Gebäude beim Dammtorbahnhof das Jugendamt. Und da hat sie verlangt, daß mich ein Jugendrichter anhört. Die haben sich erst rausgeredet, daß kein Jugendrichter frei wäre, daß wir uns einen Termin geben lassen sollten, daß das alles nicht so schnell ginge. Aber Ingeburg wollte nicht gehen. Also haben wir erst mal zwei Stunden gewartet, und sie ist immer wütender geworden. Und dann ist sie wieder in so ein Büro reingegangen und hat Stunk gemacht. Sie hat gesagt, wenn uns jetzt nicht jemand zuhörte, dann käme sie morgen mit der Presse wieder. Ingeburg hat da echt gute Beziehungen, und das haben die wohl auch gemerkt – jedenfalls sagte dann eine Frau, daß wir in ein anderes Gebäude müßten zu einem anderen Makker, der für Ausländer zuständig ist und auch für die Kinder von denen. Um uns das zu sagen, haben die uns länger als zwei Stunden warten lassen. Aber ich hatte solche Angst, was jetzt wohl mit mir werden würde, daß ich gar nicht wütend werden konnte.
Als wir auf dem anderen Amt ankamen, hab ich noch mehr Angst gekriegt. Da war vielleicht was los: Überall saßen und standen lauter Ausländer rum mit Polizeibeamten und in Handschellen. Und die schimpften in allen möglichen Sprachen. Das waren alles Leute, die abgeschoben werden sollten, weil sie ohne Papiere hier in Deutschland waren, ohne Aufenthaltsgenehmigung und so was. Und weil man nicht wollte, daß die abhauen und untertauchen, da hat man die dann eingesperrt und jetzt so mit Handschellen vorgeführt.

Ich hatte so was noch nie in Wirklichkeit gesehen, immer nur im Film. Also, es war schon irgendwie komisch, ich bin mir so vorgekommen, als wäre ich einer von denen. Aber irgendwie haben mir die Leute auch leid getan.
Dort mußten wir wieder warten, bis der Typ, der zuständig war, endlich Zeit hatte. Und dann war das so ein alter, quatschlustiger, der über alles mögliche geredet hat, nur nicht über mein Problem, das hat den zuerst überhaupt nicht interessiert. Er hat nur so doof gefragt, ob das denn wirklich so schlimm wäre bei meinem Vater – und daß ja jeder mal was ausfrißt und dafür seine Strafe bekommen muß. Als Kind dürfe man nicht einfach abhauen, wenn einem mal was nicht paßt. Und so einfach ginge das ja alles nicht. Das wäre mit ungeheuren Schwierigkeiten verbunden. Echt, der tat so, als würden wir ihn um etwas bitten, dabei war es doch sein Job, mir zu helfen.
Aber Ingeburg hat ihn immer wieder dran erinnert, daß es eilig ist und daß er was tun soll. Als er dann endlich merkte, daß sie nicht lockerließ, da ist er dann doch drauf eingegangen und hat gesagt, wir sollten auf dem Flur warten, er würde sich drum kümmern. Und da standen wir dann wieder ganz lange rum. Jedenfalls, als er uns endlich reinrief in sein Zimmer, da war es schon drei Uhr. Und dann hat er Ingeburg ein Papier gegeben, in dem stand, daß mein Vater mich nicht mit Gewalt mitnehmen kann, daß ein Verfahren eingeleitet worden ist und ich so lange dem Jugendamt unterstellt bin – und das hatte Ingeburg als Pfleger bestimmt. Ich war unheimlich froh, echt, ich kann gar nicht richtig beschreiben, wie.
Ja, und am nächsten Nachmittag saßen wir dann da. Inge-

burg hatte den Kaffeetisch gedeckt, mit Kuchen und Keksen. Herr Borsch, der Fürsorger, war schon etwas früher gekommen. Er sagte uns, daß wir den Amtsgerichtsbeschluß nicht gleich zeigen sollten. Daß es vielleicht sogar besser wäre, wenn wir gar nicht darauf zu sprechen kämen und wenn mein Vater von allein damit einverstanden wäre, daß ich noch eine Zeitlang bei Ingeburg blieb.

Ich hab mich gefühlt wie unter Drogen, ich meine, ich war gar nicht so richtig da. Einerseits wollte ich ja bei Ingeburg bleiben, aber ich wollte auch nicht, daß mein Vater sauer wird oder, na ja, vielleicht auch traurig, das wollte ich nicht.

Als mein Vater dann kam, war das eine ganz komische Situation. Er trank Kaffee und rauchte und war ganz sicher, daß wir bald gehen. Herr Borsch versuchte immer wieder vorsichtig, ihm klarzumachen, daß es vielleicht doch richtiger wäre, wenn ich noch eine Zeitlang bei Ingeburg blieb – und Ingeburg saß ganz ruhig und stolz auf ihrem Stuhl. Ich glaube, sie hat das richtig genossen, daß sie da so ein Papier hatte und daß sie gegen meinen Vater einen Kampf gewonnen hatte. Irgendwie hab ich gefühlt, daß ihr das sehr wichtig war. Und ich saß ganz in eine Ecke gedrückt, meinem Vater gegenüber, aber doch weit weg. Und mir gingen ganz komische Gedanken durch den Kopf – daß das Ganze in einem Kampf endet, daß mein Vater in seiner Wut den Tisch umwirft oder noch Schlimmeres. Und mich dann einfach mitzerrt. Darum hatte ich mich ja so weit weg gesetzt. Ich hatte auch Angst, daß er mir erst mal eine scheuert, wenn er das mit dem Beschluß erfährt. Obwohl ich ja eigentlich nichts dazu konnte. Na ja, ein bißchen vielleicht doch, weil ich ja dafür war. Am liebsten hätte ich mich ja mit meinem Vater

ausgesprochen, wenn das möglich gewesen wäre. Aber das war echt nicht drin, das wußte ich aus Erfahrung. Mein Vater ließ nicht mit sich reden. Wenn er eine Meinung hatte, dann hatte er sie, und dann konnte man überhaupt nichts machen.
Plötzlich sagte mein Vater: «Vielen Dank für den Kaffee. Komm, Manuel, nimm deine Sachen, wir gehen jetzt!»
Ich saß ganz still. Und hoffte nur, daß mein Vater ruhig blieb. Ich traute mich gar nicht, ihn anzusehen. Und dann hab ich noch gedacht: Jetzt geht's los!
Dann sagte mein Vater: «Ich hab gesagt, ich hole meinen Sohn heute, und jetzt gehen wir!»
Und Herr Borsch, als mein Vater schon aufgestanden war: «Herr O., wir wollen noch mal ruhig darüber reden.»
Aber mein Vater wollte nicht mehr reden. Er bestand darauf, sofort mit mir zu gehen.
Und da sagte Herr Borsch: «Herr O., wir haben hier einen Beschluß. Wir wollten ihn eigentlich nicht zeigen, weil wir gehofft hatten, daß wir uns so einigen könnten, aber wenn das nicht geht, bitte, lesen Sie!»
Mein Vater setzte sich wieder und nahm das Papier. Und dann wurde er ganz weiß im Gesicht und sagte: «Nein, nein, das zählt nicht. Mein Junge war jetzt zwei Wochen hier, das hab ich eingesehen, aber jetzt ist es genug, und wir gehen jetzt.»
Ingeburg hatte die ganze Zeit über nichts gesagt. Sie saß immer noch ganz stolz auf ihrem Stuhl. Und jetzt sagte sie nur: «Manuel bleibt hier!»
Darauf mein Vater wieder: «Nein, er geht mit! Ich will das, und damit genug.»

Er war wieder aufgestanden. Aber Ingeburg blieb sitzen, Herr Borsch auch. Und ich auch. Ich traute mich nicht, mich zu rühren. Die Stimmung war wie vor einer Explosion.
Eine Weile passierte überhaupt nichts. Dann setzte sich mein Vater wieder und ging auf Ingeburg los. «Ich versteh das überhaupt nicht. Was soll das alles? Einem Vater den Sohn wegzunehmen! Wer sind Sie denn? Sie sind doch keine Frau, Sie sind ein Ungeheuer! Was mischen Sie sich da überhaupt ein? Was geht Sie mein Sohn an? Wo gibt es denn so was?»
Und Ingeburg: «Hier und heute. Finden Sie sich damit ab.»
Mein Vater versuchte es dann mit einem anderen Dreh, sagte, daß er ohne mich nicht leben könnte, daß er doch alles für mich getan habe, so richtig wieder die alte Leier. Er gab sogar zu, daß er vielleicht einen Fehler gemacht hatte, daß er so streng zu mir gewesen war. «Vielleicht», sagte er. Es war schon unheimlich viel, daß er das zugab. Und dann fragte er mich, ob ich überhaupt mit dem Beschluß einverstanden sei.
Und da hab ich zu ihm gesagt – echt, ich hab mich nachher selbst gewundert, daß ich das fertiggebracht hab – aber ich hab tatsächlich zu ihm gesagt, daß er zwar immer davon redet, daß er nicht ohne mich leben könnte, daß *ich* aber nicht *mit* ihm leben könnte und erst mal hierbleiben wollte und überlegen, wie es weitergehen sollte.
Da wurde mein Vater unheimlich wütend und wollte mich auf der Stelle mitnehmen, mit mir zur Botschaft gehen und dann sofort mit mir nach Spanien fahren, wo der Beschluß nicht gilt. Aber Herr Borsch hat auf ihn eingeredet und ihm erklärt, daß das doch alles nichts nützte und daß dann eben die Flughäfen gesperrt würden oder so was ähnliches. Und

daß er mich außerdem auch gar nicht aus der Wohnung rauskriegen würde. Dabei wußte Herr Borsch überhaupt nicht, daß Ingeburg schon vorher die Tür abgeschlossen hatte – so für alle Fälle, wie sie sagte. Und den Schlüssel hatte sie versteckt. Manchmal macht sie so verrückte Sachen. Aber ich fand das gut.

Mein Vater hat sich zuerst überhaupt nicht beruhigen können und immer nur geschimpft, daß man ihn hintergangen hätte und wie das überhaupt möglich sei, daß fremde Leute ihm einfach sein Kind wegnehmen könnten. Und zu mir hat er gesagt, daß er mir das Abhauen und das Zeugnis verziehen hätte, daß er mir aber dies hier nicht verzeihen könnte, da wäre ich zu weit gegangen. Aber Ingeburg hat ihm erklärt, daß ich damit überhaupt nichts zu tun hätte, daß sie das alles allein gemacht hätte und daß er gefälligst nur sie beschimpfen solle, wenn er schon muß, und mich in Ruhe lassen. Ich fand das ganz toll von Ingeburg, weil das ja nicht stimmte. Denn ich war ja dafür gewesen, daß wir den Beschluß holten. Aber das war typisch Ingeburg, wenn sie sich was in den Kopf gesetzt hat, dann führt sie das auch durch und übernimmt voll die Verantwortung. Und wenn man sich ihr anvertraut, dann ist sie voll für einen da. Und das konnte mein Vater überhaupt nicht begreifen. Der denkt immer, wenn man sagt, man liebt einen anderen Menschen, dann wäre das genug. Oder alle Menschen machen alles nur für Geld. Und das hat er auch zu Ingeburg gesagt. Daß sie ein Geschäft mit mir machen wollte, weil er ja für mich bezahlen muß.

Das fand ich unheimlich gemein. Ingeburg und Heinz hatten ja keinen Pfennig gekriegt für die vierzehn Tage, die ich

schon bei ihnen war, und Ingeburg hat auch nie darüber gesprochen, obwohl sie auch nicht viel Geld hat. Aber sie hat dazu überhaupt nichts gesagt, ihr hat das, glaube ich, nicht mal was ausgemacht.
Na ja, jedenfalls hat sich mein Vater dann doch noch beruhigt. Er wollte sich jetzt einen Anwalt nehmen und alles auch noch mal mit Ursula, seiner Freundin, besprechen. Und dann hat er geweint und mich in den Arm genommen, bevor er ging. Ich mußte auch weinen, weil er mir leid tat, denn er war echt verzweifelt. Irgendwie konnte ich das auch verstehen, und es hat mir ganz schön weh getan, ihn so zu sehen. Ich wäre in diesem Augenblick gern mit ihm gegangen – ich konnte mir vorstellen, wie allein er sich in der Wohnung fühlen würde. Aber ich hatte noch immer Angst vor ihm, ich weiß ja, daß er in seiner Wut unberechenbar ist. Hinterher tut ihm das zwar immer leid, aber dann kann ich ihm nicht mehr verzeihen. Und so bin ich dann doch lieber bei Ingeburg geblieben.

Es stand ja nun fest, nach dem Beschluß, daß ich erst mal ein halbes Jahr bleiben durfte. Und ich hab mir gedacht, ein halbes Jahr, das ist eine unheimlich lange Zeit, und bis dahin ist sicher alles wieder in Ordnung. Nur vor der Schule, da hatte ich noch Angst. Ich wußte ja nicht, in welche ich komme und wie da die Leute in der Klasse sind.
Aber da gingen die Schwierigkeiten schon wieder los. Es war einfach kein Platz für mich zu finden. Herr Borsch hat unheimlich rumtelefoniert, auch mit den Schulräten, aber nichts passierte. Schließlich hat Ingeburg mit einem von

denen telefoniert. Aber er hat sie zuerst auch immer vertröstet. Und dann kam er auf den Einfall, mich einfach wieder in eine Hauptschule zu stecken. Wohl weil ich so ein schlechtes Zeugnis hatte. Aber da war ich dagegen. Und Ingeburg auch. Sie hat einen Termin verlangt für ein Gespräch, und da wollte der sie wieder hinhalten. Aber da war er bei Ingeburg an der falschen Adresse. Sie war der Meinung, ich müßte so schnell wie möglich wieder in die Schule. Als dann in der Bild-Zeitung so eine Überschrift stand, daß ein Gastarbeiterkind mit Gefängnis bestraft werden sollte, weil es nicht zur Schule gegangen war, hat Ingeburg den Schulrat am Telefon gefragt, wieso es eigentlich keine Strafe für Schulräte gäbe, die Kinder nicht in die Schule gehen ließen? Und als er darauf antwortete, was er denn machen sollte, wenn er keinen Klassenplatz für mich hätte, da hat Ingeburg zu ihm gesagt, das wäre sein Problem, sie müßte ihre ja auch alleine lösen.
Na ja, jedenfalls hat sie dann ganz schnell einen Termin bekommen. Ich hab mir extra einen Scheitel gekämmt, was ich sonst nie mache, nur damit dieser Schulrat einen guten Eindruck von mir bekommt, so eingeschüchtert war ich schon. Eigentlich war das ja blöd, der konnte mich ja nicht so ohne weiteres in die Hauptschule zurückversetzen. Ich war ja noch nie sitzengeblieben, und mitten im Schuljahr geht das schon gar nicht. Aber ich fühlte mich dem Typ richtig ausgeliefert. Was ich ja auch war.
Ingeburg wurde allein zu ihm reingerufen, und als sie sagte, daß Manuel doch mitkommen könnte, da wollte der das nicht. Als ich so da draußen auf dem Flur saß, ist mir erst richtig klargeworden, daß von dem Gespräch meine Zu-

kunft abhing. Ich hab versucht zu lesen, aber das ging nicht. Nach ungefähr einer halben Stunde kam Ingeburg kurz raus, weil der Typ telefonierte. Sie wußte noch immer nichts, aber sie tröstete mich, daß sie es schon schaffen würde. Ich hab schon gar nicht mehr dran geglaubt. Aber nach einer Weile kam Ingeburg wieder raus, und da hatte sie es geschafft! Ich sollte am nächsten Tag schon in eine Realschule gehen. Später hat Ingeburg mir erzählt, daß sie dem Schulrat gesagt hat, sie würde einfach mit mir vor der Tür sitzen bleiben, bis ein Klassenplatz für mich gefunden wäre.
Also echt, früher hab ich mir nie Gedanken darüber gemacht, daß das alles so schwierig sein würde, ich meine abhauen und woanders wohnen. Und über die Schule sowieso nicht. Ich hab gedacht, es wäre ganz klar, daß man zur Schule muß und daß da immer Platz genug ist. Wenn ich überhaupt darüber nachgedacht hab. Das hab ich wohl erst richtig getan, als ich bei Ingeburg war und gemerkt hab, wieviel Arbeit und wieviel Zeit das kostet. Ingeburg war auch schon ganz schön nervös, weil sie nie Zeit hatte für ihre eigene Arbeit. Sie mußte Hörspiele schreiben, damit verdient sie ja auch ihr Geld, und nie kam sie dazu. Ich hatte schon ein richtig schlechtes Gewissen. Aber das hab ich Ingeburg nicht gesagt.
Am nächsten Morgen sind wir dann in die Schule gegangen, zuerst mal zu der Direktorin. Die hat sich meine Zeugnisse angesehen und mir dann eine Standpauke gehalten, daß das so aber nicht mit mir weiterginge. Und dann hat sie noch gesagt: «Also, ich will dir mal einen Rat geben. Sieh mal, in die Schule mußt du so und so, und die Stunden absitzen mußt du auch, da geht kein Weg dran vorbei. Da würde ich

an deiner Stelle dann auch gleich aufpassen und mitmachen, dann brauchst du zu Hause weniger zu tun und hast dadurch mehr Freizeit.» Das hat mir unheimlich eingeleuchtet. Und weil ich so einen richtigen Tatendrang hatte und mich ja auch bessern wollte, hab ich gleich versprochen, daß ich mich dran halten würde.

Wir sind dann in die Klasse gegangen. Die hatte gerade Physik und war geteilt. Also, echt, da war ich doch enttäuscht. Es waren zwar ein paar ganz süße Mädchen da, aber die Jungs waren alle so verspielt und haben mit Krampen geschossen. Vorn waren nur die ersten beiden Reihen besetzt, sonst war alles leer. Neben einem Mädchen war noch Platz, da hab ich mich dann hingesetzt. Und gleich legten die los: «Da hast du ja einen neuen Verehrer. Stören wir vielleicht? Sollen wir rausgehen? Das ist vielleicht ein Draufgänger.» Und so haben sie weitergemacht, die ganze Stunde. Später, als dann die ganze Klasse zusammen Unterricht hatte, wurde es zwar etwas besser, aber es war doch eine laute Klasse.

Ich hab mir vorgenommen, da überhaupt nicht mitzumachen, ich wollte ja jetzt wirklich lernen. Und unseren Klassenlehrer, den fand ich gleich unheimlich in Ordnung, auch wenn er schon etwas älter ist. Echt, das ist ein richtig dufter Lehrer. Er hat mir auch nach ein paar Tagen gesagt, er fände das gut, daß ich den ganzen blöden Scheiß nicht mitmache und daß ich seine Stütze in der Klasse wäre. Und das hat mich unheimlich angespornt. Die erste Mathearbeit hab ich zwar noch glatt verhauen, aber so ungefähr nach einem Monat, da ging das alles fast von selbst. Es lag wohl auch daran, daß wir in meiner alten Schule schon weiter gewesen waren und daß wir da so eine blöde Lehrerin hatten, mit der ich überhaupt nicht zurechtgekommen war. Und das war jetzt anders. Ingeburg hat sich richtig mit mir gefreut, wenn ich eine gute Arbeit geschrieben hatte. Plötzlich hat das Lernen richtig Spaß gebracht. Ich hatte ja jetzt auch genügend Zeit, um mich richtig vorzubereiten. Und wenn ich mal was nicht wußte, dann bin ich eben zu Ingeburg und Heinz gegangen. Die konnten mir zwar auch nicht immer helfen, weil wir ja jetzt andere Lernmethoden haben, aber sie haben es wenigstens versucht und hatten immer Zeit für mich. Auch wenn Besuch da war, konnte ich jederzeit kommen.

Und dann kriegte ich jetzt Taschengeld und durfte weggehen und auch Freunde mitbringen, und die durften in meinem Zimmer mit übernachten. Ich hatte da einen Klassenfreund, Dani, den mochte Ingeburg überhaupt nicht gern. Sie meinte, er gäbe so unheimlich an, aber trotzdem hat sie mir nie verboten, mit ihm zusammen zu sein. Und er durfte auch bei mir übernachten.

Also echt, plötzlich war das Leben unheimlich schön für mich. Zum erstenmal war ich richtig glücklich.

Ein ganz neues Leben

Manuel war jetzt ungefähr zwei Monate bei uns. Und mein ganzes Leben hatte sich durch ihn verändert.

Zunächst bin ich überhaupt nicht zum Arbeiten gekommen. Immer wieder war da ein Gang zu irgendeiner Behörde fällig. Und immer wieder diese erstaunten Blicke und die blöde Fragerei: «Wie kommt der Junge überhaupt zu Ihnen? Woher kennen Sie den Jungen überhaupt? Haben Sie überhaupt Platz? Und Zeit? Können Sie sich auch um den Jungen kümmern?» Und dann die sogenannten guten Ratschläge: «Warum halsen Sie sich denn so was auf? Das ist doch ein undankbares Geschäft!» usw. Als wenn ich an Dank gedacht hätte. Und daß man in diesem Zusammenhang von «Geschäft» redete, das hat mich am meisten aufgeregt. Auch die Hausbewohner schüttelten den Kopf. Und die Freunde: «Weißt du mit deiner Zeit nichts Besseres anzufangen? Hast du auch an die Verantwortung gedacht?»

Ich weiß nicht, ob ich daran gedacht habe. Aber ich habe daran gedacht, daß der deutsche Tierschutzverband fast 25mal soviel Mitglieder hat wie der Kinderschutzbund. Und daß sich die Leute empören, wenn sie in den Zeitungen lesen, wie Kinder zu Tode geprügelt oder mißhandelt werden, aber sonst schweigen – und daß dieselben Leute, wenn ein Tier gequält wird, protestieren und nach Bestrafung schreien. Und ich habe gedacht, wie unmenschlich wir Menschen doch oft sind. Und daß es gut ist, daß ich keine eigenen Kinder habe, die diese Unmenschlichkeit ertragen müssen. Und ich habe an Manuel gedacht, der zu mir gekommen war, jetzt hier war und ein Recht auf eine Chance hatte.

Wir dehnten unser Frühstück oft bis weit in den Tag hinein aus und redeten miteinander. Anfänglich fiel das Manuel schwer – er war es ja nicht gewohnt. Die letzten zwei Jahre hatte er fast ausschließlich mit seinem Vater verbracht. Und mit ihm war Diskutieren nicht möglich. Das hatte ich ja schon selbst erfahren. Hinzu kam, daß der Vater oft Schichtdienst hatte und Manuel dann allein gewesen war. Freunde durfte er nicht einladen und auch nicht besuchen. Sein Kontakt zu anderen Menschen war dadurch sehr eingeschränkt gewesen.

Aber Manuel lernte schnell. War er zunächst fast unterwürfig gewesen und hatte seine Position oft mit einem knappen «Ja« aufgegeben, so änderte sich sein Verhalten in kürzester Zeit, und ich mußte bei unseren Auseinandersetzungen aufpassen, daß mir nicht die Argumente ausgingen. So brauchte ich fast sechs Wochen, um ihn zu überzeugen, daß er zum Friseur müsse. Sein Vater hatte ihm zu oft als Strafe die Haare abgeschnitten, und Manuel hatte eine panische Angst, wenn es um seine Haare ging. Wir einigten uns, daß ich mitgehen müsse, um darauf zu achten, daß auch nicht ein Zentimeter seiner geliebten Haare abgeschnitten würde. Es ging nur um einen vernünftigen Haarschnitt. Das war das einzige Argument, das Manuel schließlich gelten ließ.

Manuel ist unheimlich eitel. Es konnten nie genug Spray, Shampoo und Seife (wohlgemerkt seiner speziellen Lieblingssorte) im Haus sein. Plötzlich mußten auch seine Jeans gebügelt werden. Und wenn sie auch nur einen halben Zentimeter zu weit waren oder zu kurz wurden, mußte die Nähmaschine her. Er wuchs auch plötzlich sehr schnell und paßte in all seine Sachen nicht mehr hinein. Und seine ersten neuen Schuhe waren zu meinem Schrecken Stiefel mit zehn Zentimeter hohen Absätzen und Sohlen. Mich hat fast der Schlag getroffen. Aber Manuel hatte ein neues Selbstbewußtsein entdeckt, und dazu gehörte seine Körpergröße, die er auf diese Weise unterstreichen mußte. Ich ließ ihn, wenn auch ungern, wie ich zugeben muß, gewähren. Aus ihm war eben in kürzester Zeit eine kleine, eigenwillige Persönlichkeit geworden.

Ja, und dann kamen seine Freunde ins Haus. Auch hier hatte ich Mühe, mich daran zu gewöhnen: Jungen mit schulterlangen Haaren, Lederjacken, Stiefel mit Eisen beschlagen, überall Nägel und Nieten, mit Schlagringen und «Tschakos», mit denen sie die Luft zerkleinerten. Ich war in dieser Zeit froh, daß ich Herrn Borsch, den Fürsorger, hatte. Er half mir immer wieder, Verständnis zu haben und nachsichtig zu sein. Wie eine echte Gluckenmutter befürchtete ich den schlimmsten Einfluß auf Manuel und ertappte mich oft dabei, aus ihm einen Mustersohn machen zu wollen. Etwas, was ich eigentlich zutiefst verabscheue – bei anderen Eltern. Ich war jedenfalls unheimlich froh, daß Manuel bald die Lust an solchen Freundschaften verlor.

Aber da hatte er schon ein neues Gebiet entdeckt, das mich ebenso erschreckte: Mädchen! Die ersten Annäherungsversuche, Freundschaften, Verliebtheit und Knutschen, Trennungen. Und damit wieder tausend Fragen über Liebe und

Sexualität. Mit dem Mut der Verzweiflung und der Hoffnung und Absicht, mich nicht zu blamieren, habe ich alle seine Fragen beantwortet, so gut ich konnte. Und oft genug habe ich befürchtet, daß ich verlegen und rot würde. Aber irgendwie habe ich das dann doch geschafft. Und ich war froh darüber, daß Manuel immer offen mit mir über seine Probleme gesprochen hat.

Er war inzwischen sehr beliebt in der Schule, sowohl bei den Lehrern als auch bei den Mitschülern – und besonders bei den Schülerinnen. Und die Entscheidung, mit welcher er jetzt gehen sollte, und die Frage, wie er eine andere wieder loswerden könnte, beschäftigten ihn unablässig.

Und dann die Partys. Damit begannen unsere Auseinandersetzungen über seine Freiheit. Manuel entwickelte einen ungeheuren Freiheitsdrang. Immerzu war er unterwegs – und nie zur verabredeten Zeit wieder im Haus. Seine Unpünktlichkeit wurde zum großen Problem. Und ich mußte mir oft sagen lassen, daß ich während dieser zwei Monate wohl zu nachsichtig mit Manuel gewesen sei. Wenn ich ihn aber bestrafte, zum Beispiel mit Hausarrest am nächsten Tag, zog er sich tiefgekränkt in sein Zimmer zurück, und ich saß allein in meinem Büro, konnte vor schlechtem Gewissen nicht arbeiten und fürchtete jedesmal, jetzt sein Vertrauen verloren zu haben.

Laß ja meine Pflegemutter in Ruh!

Mein Vater hat sich in der ersten Zeit überhaupt nicht bei mir gemeldet. Nur zweimal hat er kurz bei Ingeburg angerufen und nach mir gefragt. Das war alles. Ich hab oft abends im Bett daran gedacht, wie es ihm wohl ging. Irgendwie hatte ich ja doch Heimweh nach ihm. Und dann, eines Tages, hat er angerufen und auch mit mir gesprochen. Das war, als er beim Gericht gewesen war. Dort hatte er hinmüssen, um mit denen über den Beschluß zu reden. Und da hatte er sich dann einverstanden erklärt, daß ich erst mal bei Ingeburg blieb. Ich glaube, ihm ist auch gar nichts anderes übriggeblieben. Die beim Gericht haben ja auch festgestellt, daß er ein ziemlich unruhiges Leben führte und mich zu oft allein ließ. Echt, als er mir das gesagt hatte, da fühlte ich mich noch besser. Jetzt brauchte ich keine Angst mehr zu haben, daß er mich vielleicht doch noch eines Tages ins Auto zerrt und mit mir wegfährt, und ich hab dann keine Chance mehr abzuhauen.
Bei einem anderen Anruf, so ungefähr eine Woche später, hat er mir gesagt, daß er wieder zu Ursula ziehen wollte. Bei Gericht war ja festgelegt worden, daß ich erst mal nur bis Ende Juli bei Ingeburg bleiben sollte, und mein Vater hatte versprechen müssen, daß er bis dahin sein «Leben regelt», wie Herr Borsch mir sagte. Das heißt, er sollte seine Freun-

din Ursula heiraten und in eine größere Wohnung ziehen, damit wir dann da alle zusammen leben könnten. Das hatte mein Vater auch versprochen. Und damit er Geld sparte, während er auf Wohnungssuche war, wollte er eben erst mal zu Ursula ziehen. Die hatte eine Dreizimmerwohnung, wo sie mit ihrer Tochter Monika, meinem kleinen Bruder David und dem Boxer Harras wohnte.

Da war ja wirklich kein Platz mehr für mich, und ich konnte ganz beruhigt bei Ingeburg und Heinz bleiben. Obwohl ich jetzt manchmal daran dachte, was danach werden würde. Bei Ingeburg hatte ich ja ein völlig neues Leben kennengelernt – so mit Taschengeld und Ausgang und Freunden und unheimlich viel Freiheit. Ob mein Vater das dann akzeptieren würde?

Ja, und dann kam er eines Nachmittags, um mit mir die Sachen zu holen, die immer noch bei meinem Freund rumlagen. Da hab ich wieder Schiß gekriegt, daß er mir unheimliche Vorwürfe macht und mich verhaut. Aber er war plötzlich ganz nett. Auch zu Ingeburg. Hat ihr gesagt, wie dankbar er ihr wäre und daß das im Augenblick wohl auch die beste Lösung wäre. Und dann hat er ihr noch vorgeklagt, wie wenig Geld er hätte und wie sehr er sparen müßte. Aber das tat er nur, weil er Ingeburg monatlich 250 Mark für mich zahlen mußte. Das hat ihm wohl gestunken. Obwohl er ja nicht mal alles zahlte, die Sozialbehörde gab noch was dazu.

Als wir dann losfuhren, haben wir erst mal nur von nebensächlichen Sachen geredet. Von Harras, dem Boxer, den ich lange nicht gesehen hatte, und von David, meinem kleinen Bruder. Mein Vater erzählte, daß er jetzt schon lief und Harras immer auf ihn aufpaßte. Da hab ich richtig Heimweh nach den beiden gekriegt. Denn früher, als David noch ganz klein war, da hab ich ihn oft spazierengefahren, und Harras war dann auch immer dabei. Außerdem, Ursula wohnte ja nicht mitten in der Stadt, sondern außerhalb, direkt am Wald, wo man richtig gut spazierengehen kann. Das fehlte mir hier in der Stadt. Nie kann man richtig raus. Es gibt überhaupt keine Möglichkeiten, sich mal auszutoben. Darum wurde ich auch manchmal richtig aggressiv und hab es förmlich drauf angelegt, daß mich einer in der Schule oder auf dem Heimweg anmachte, nur damit ich ihm dann eins reinhauen konnte.

Ingeburg hatte das überhaupt nicht gern. Sie meint, es gibt bessere Argumente als prügeln, wenn man jemandem was klarmachen will. Irgendwie hat sie ja recht, das leuchtet mir auch ein, aber manchmal muß ich richtig zuhauen. Ich meine, nicht ernsthaft, mehr so zum Spaß. Manchmal tobte Ingeburg ja auch mit mir, aber das war doch nicht das Richtige, da muß man immer aufpassen, daß man nicht an die falschen Stellen haut. Und Heinz, mit dem konnte man nicht toben, der hat dafür überhaupt keinen Nerv. Ich glaube, das kommt daher, weil er ziemlich klein und schmal ist. Er hat wohl irgendwie Komplexe, obwohl er unheimlich stark ist. Das hab ich gesehen, als wir mal im Garten seiner Eltern waren. Wie der da umgegraben hat und Baumstämme geschleppt und zersägt, echt, das hat mir richtig imponiert.

Sonst hab ich eigentlich mit Heinz nicht viel zu tun gehabt. Außer in der Woche, wo Ingeburg in Stuttgart gedreht hat. Sie hatte da so eine neue Fernsehserie und mußte einmal im Monat für eine Woche dorthin. Da war ich mit Heinz allein. Das war auch ganz gemütlich. Wir haben zusammen ge-

kocht – und ich hab auch schon mal ein Bier von ihm bekommen. Heinz trinkt ziemlich viel – und Ingeburg eigentlich auch. Aber die ist mit Alkohol sehr streng, da hab ich selten was abgekriegt – höchstens mal, wenn sie schon einen kleinen Tüttel hatte. Da war sie dann lustig und hat es nicht so genau genommen. Das hab ich auch ausgenutzt, wenn ich mal was ausgefressen hatte – davon hab ich ihr oft dann erst erzählt. Oder wenn ich länger aufbleiben wollte und einen Krimi sehen. Aber das war selten. Denn so richtig anschmieren kann man Ingeburg nicht, das hat sie immer gleich gemerkt. Und am nächsten Tag hat sie dann gesagt, daß sie es unfair findet, wenn ich das ausnutze.
Aber ich wollte ja von der Fahrt mit meinem Vater erzählen. Wir sitzen also im Auto und unterhalten uns über so allerlei, und da hält er plötzlich auf der Landstraße an und fragt mich, ob ich fahren will. Also echt, das hat mich fast vom Sitz gehauen. Er war da unheimlich nett, und ich durfte eine ganze Strecke allein fahren. Er hat nur immer wieder gesagt, ich solle nicht so schnell fahren. Überhaupt hab ich meinen Vater plötzlich mit ganz anderen Augen gesehen. Ich glaube, das kam daher, weil ich wußte, daß ich nicht mehr so abhängig von ihm war. Und daß er mir überhaupt keine Szenen und Vorwürfe gemacht hat, das fand ich auch unheimlich stark von ihm.
Als wir dann bei meinem Freund ankamen, hatte ich wieder Angst. Ich wußte ja nicht, wie er und seine Eltern reagieren würden. Und ich hab gedacht, wenn die jetzt mit Vorwürfen anfangen, vielleicht sogar behaupten, daß ich ihren Sohn überredet hätte, mit abzuhauen – was ja nicht stimmte, weil der selber wegwollte –, also wenn die jetzt so anfangen,

dann fängt mein Vater bestimmt auch an. Der Vater von meinem Freund hat uns dann die Tür aufgemacht. Er war unheimlich stur, hat nur gerufen «Michael» und sich dann verkrümelt. Michael war furchtbar verlegen. Und ich auch. Ich hab von ihm wissen wollen, wer mich damals verpfiffen hat. Aber er ist immer ausgewichen, hat mich nur gefragt, wie es mir geht und was ich mache und so. Erst im Keller, als wir meine Sachen holten, hat er mir dann endlich gesagt, daß seine Eltern mehr über mein Abhauen hatten wissen wollen, nachdem mein Vater dagewesen war – und dann haben sie die Lehrerin gerufen und auch die Polizei.
Aber plötzlich war mir das alles ganz egal. Nur daß Michael mein Fahrrad die ganze Zeit draußen bei Wind und Wetter stehen gelassen hatte, das hat mich geärgert. Es war jetzt ganz verrostet. Darüber hat sich auch mein Vater aufgeregt, als wir dann noch zu Ursula gefahren sind. Sie war unheimlich nett. Sie hat gleich gesagt, daß ich gut aussähe und gewachsen wäre, und sie hatte extra Kuchen gebacken. Auch meine Stiefschwester Monika war schrecklich nett. Aber mit ihr hab ich mich ja immer gut verstanden. Sie hatte auch gewußt, daß ich abhauen wollte, und sie hatte dichtgehalten. Jedenfalls wurde das noch ein gemütlicher Nachmittag. Ich hab Ursula und meinem Vater versprochen, daß ich sie bald wieder besuchen würde. Und irgendwie hab ich mich schon richtig drauf gefreut.

So Anfang Mai, ich war da gerade drei Monate bei Ingeburg und Heinz, da passierte etwas Aufregendes. Es kam ein Anruf, ob Gundolf wiederkommen dürfte. Das war der

Junge, der vorher in meinem Zimmer gewohnt hatte. Seine Eltern und auch die Oma, bei der er aufgewachsen war, wurden nicht mehr mit ihm fertig. Es hieß, er wäre völlig verkommen, rauchte und säße immer mit seinem achtzehnjährigen Bruder in Kneipen rum. Ich war sehr neugierig auf den Typ. Besonders weil er genauso alt ist wie ich. Ich hab mir gedacht, mit so einem kann es ja ganz lustig werden.

Als er dann am nächsten Tag vor der Tür stand, mit schulterlangen, struppigen Haaren und in einem Anzug mit Hochwasserhosen, war ich erst mal enttäuscht. Er war ziemlich kräftig gebaut, aber sonst machte er eher einen verlegenen Eindruck. Das war nun also der Kneipenhocker! Aber dann fand ich ihn doch ganz nett.

In der ersten Nacht hat er mir dann tolle Weibergeschichten erzählt – alles gelogen, wie ich später erfahren hab. Aber zuerst hat mir das mächtig imponiert. Überhaupt fand ich es ganz gut, daß ich jetzt nicht mehr allein war mit Ingeburg und Heinz. Und wir haben dann auch alles zusammen gemacht.

Blöd war nur in den ersten Tagen, daß Gunny, wie er genannt wird, noch nicht zur Schule konnte. Damit war es genauso ein Krampf wie bei mir damals. Die Schule, in die er ein Jahr vorher gegangen war, konnte ihn nicht wiedernehmen, weil die Klassen zu voll waren – und auf meiner Schule, wo er eigentlich hin sollte, damit wir denselben Weg haben, ging das auch nicht. Da ist Ingeburg wieder rumgerannt und hat den Schulrat angemacht. Ich war ganz schön sauer, weil ich in die Schule mußte, und Gunny saß gemütlich bei Ingeburg rum. Außerdem kannten die sich ja schon länger, und dann waren sie auch noch verwandt miteinander. Wenn

wir uns mal so im Spaß stritten, dann ging das immer so: Gunny sagte: «Laß ja meine Tante in Ruh.» Und ich: «Und laß du ja meine Pflegemutter in Ruh.»
Nach ungefähr einer Woche hatten wir zwei dann den ersten richtigen Streit miteinander. Ich weiß nicht mehr genau, warum, aber ein Grund mit war Gunnys Unordnung. Also echt, ich bin ja auch nicht gerade ordentlich, aber Gunny, der kann in fünf Minuten das ganze Zimmer auf den Kopf stellen! Wir wohnten ja jetzt zusammen. Und ich hab mich natürlich geärgert, wenn mich eine Freundin oder ein Freund besuchten, daß es dann so im Zimmer aussah und dazu noch nach Käsesocken stank. Na ja, jedenfalls wollten wir unseren Streit nicht in der Wohnung austragen, weil Ingeburg so was nicht mag. Deshalb sind wir auf den Sportplatz gegangen. Die Sache ging dann zu meinen Gunsten aus, und Gunny, der vorher immer mächtig geprotzt hatte, bekam Respekt vor mir.
Zu alldem kamen noch meine Geschichten mit Mädchen, da konnte Gunny nicht mithalten. Er kam irgendwie nicht an die ran. Er war auch unheimlich ungeschickt. Und dadurch fühlte er sich zurückgesetzt und wurde aggressiv. Oder er erzählte Spinngeschichten. Ich hab ihm dann immer gesagt, er solle mir nicht immer mit solchem Kram die Ohren vollspinnen. Aber Ingeburg hat deswegen mit mir gemekkert. Sie meinte, Gunny wäre noch nicht so weit wie ich, und ich würde ihn immer wieder in den Schatten stellen, und das wäre unfair von mir. Und dann hat sie auch noch gesagt, daß Gunny mehr Zuwendung brauchte als ich, jedenfalls im Augenblick, damit er sich sicherer fühlte. Also, im stillen hat mich das ganz schön wütend auf Ingeburg gemacht, daß sie

sich jetzt nicht mehr soviel um mich kümmerte.
Überhaupt fing jetzt so eine Zeit an, wo jeder immer mit jedem Streit hatte. Wenn ich auf Gunny sauer war und das Ingeburg erzählte, dann appellierte sie an meine Vernunft und wies gleichzeitig Gunny zurecht. Der rannte dann abends zu Heinz, bei dem hatte er einen Stein im Brett, und beschwerte sich. Und Heinz fing dann mit Ingeburg Krach an und sagte, sie würde mich vorziehen. Irgendwie waren wir in dieser Zeit alle ziemlich genervt.
Dann kam noch so eine Geschichte, wo ich gedacht hab, jetzt flippt Ingeburg gleich ganz aus. Eines Tages standen nämlich der Vater von Gunny und sein Bruder vor der Tür und wollten ihn wieder nach Hause holen. Aber da hatten die nicht mit Ingeburg gerechnet. Sie hat zuerst Gunny gefragt, was er wollte, und als er gesagt hat, er wollte bleiben, da hat sie uns beide weggeschickt. Wir sollten in zwei Stunden mal anrufen und nicht eher nach Hause kommen. Und als sie dann allein mit ihnen war, hat sie die beiden einfach rausgeschmissen. Als der Vater mit der Polizei gedroht hat, hat sie einfach den Beschluß gezeigt, den wir damals für mich bekommen hatten, und gesagt, daß es keine zwei Stunden dauerte, so was zu kriegen. Jedenfalls hat sie den Vater so eingeschüchtert, daß die tatsächlich wieder abgefahren sind. Dabei waren sie extra aus Duisburg gekommen und wollten eigentlich übernachten. Aber das war nicht drin. Ingeburg war da ganz stur.
Es hatte sie aber ganz schön fertiggemacht, daß man so mit ihr umsprang. «Erst das Kind loswerden wollen, wenn man mit ihm nicht mehr fertig wird, und es dann wieder abholen, wenn es sich gefangen hat!» hat sie rumgemotzt. Dabei war

das ja nicht so, daß Ingeburg uns für immer behalten wollte, das hat sie auch immer wieder gesagt. Aber Gunny hatten sie ja schon zweimal zu ihr geschickt, als er in der Schule sitzenbleiben sollte – und diesmal, wo sie mit ihm nicht mehr fertig geworden waren. Und Gunny war ja auch schon sechsmal umgeschult worden. Den Hauptschulabschluß kriegt er nur noch, wenn er sich mächtig anstrengt und mit einer Sondergenehmigung und so. Ingeburg wollte einfach, daß er jetzt erst mal in Ruhe lernen konnte. Bei mir war das ja schon deutlich zu erkennen, daß ich viel ruhiger geworden war und dadurch auch in der Schule viel besser wurde.
Aber ruhiger wurde es bei uns nicht. Das kann man wirklich nicht behaupten. Ganz im Gegenteil.
Zuerst haben wir, Gunny und ich, es ja überhaupt nicht gemerkt. Aber Ingeburg und Heinz haben sich dann immer häufiger gestritten. Und als sie dann wieder für eine Woche nach Stuttgart mußte, da hatten wir auch oft Streit mit Heinz. Irgendwie sind wir einfach nicht mehr mit ihm klargekommen. Er war immer sehr nervös. Und ist oft in Kneipen gegangen. Und wenn wir nicht aufgeräumt hatten, so wie er sich das vorstellte, da war er unheimlich sauer.
Also echt, ich hab damals Ingeburg unheimlich vermißt. Besonders, weil ich immer das Gefühl hatte, daß Heinz mich nicht sehr mochte. Das hab ich bei einem Streit zwischen Heinz und Ingeburg auch mal mitgekriegt. Da hatte er gesagt, daß er nicht den Putzlumpen für fremde Kinder spielte oder so was ähnliches. Ich glaube, Heinz hat das unheimlich gestunken, daß ich mir nicht mehr alles gefallen ließ und über alles diskutieren wollte. Das mochte er überhaupt nicht. Irgendwie war er unheimlich autoritär.

Gunny war da anders als ich. Wenn man den streng angesprochen hat, dann war er gleich ganz still und hat gemacht, was man ihm sagte. Gunny ist überhaupt ganz anders als ich. Ich muß immer reden und mich unterhalten und bin gern mit anderen zusammen. Gunny dagegen sitzt unheimlich viel allein in seiner Ecke rum und liest oder träumt vor sich hin. Er hat auch kaum Freunde.

Na jedenfalls, als dann Ingeburg aus Stuttgart zurückkam, da hat Heinz gesagt, daß er das nicht noch mal machen wollte mit uns. Und dann hat er noch so Sachen gesagt, wie: Eine Frau gehört ins Haus, besonders, wenn Kinder da sind. Das hat Ingeburg furchtbar aufgeregt. Sie ist ja schon fast zwanzig Jahre in ihrem Beruf, und sie macht das auch unheimlich gern. Sie könnte nie drauf verzichten, das weiß ich. Auch wenn sie manchmal rumschreit, daß ihr das alles zuviel würde und die Wohnung verkäme und wir eine Putzfrau brauchten und sie nicht schreiben könnte, wenn alles so dreckig ist – irgendwie hat sie das dann doch alles allein gemacht.

Heinz hat ihr auch nicht viel geholfen. Manchmal hat er zwar abends gekocht, aber das hat dann drei Stunden gedauert, und die Küche war ein Chaos. Und wenn er dann noch abgewaschen hatte, war er am nächsten Tag völlig geschafft, und man mußte ihn bewundern, weil er den ganzen Feierabend in der Küche gestanden hatte. Und wir, Gunny und ich, haben Ingeburg auch nicht viel geholfen. Nur am Anfang, als uns das Taschengeld immer ausging, da haben wir manchmal für Geld was getan. Aber das war uns dann auch bald zuviel. Außer einmal in der Woche Küchendienst und unser Zimmer saugen, haben wir uns auch um nichts gekümmert. Und als Ingeburg dann unser Taschengeld erhöhte, da haben wir überhaupt nichts mehr freiwillig getan. Und für Geld auch nicht. Manchmal fand ich mich ziemlich gemein, wenn Ingeburg geweint hat, aber das hab ich dann immer schnell wieder vergessen. Ich war so damit beschäftigt, meine Freiheit und das neue Leben zu genießen, daß ich das oft auch gar nicht mitgekriegt hab. Ich glaube, als Kind ist man so, da denkt man sich überhaupt nichts dabei. Und wenn man es mitkriegt, da hat man zwar ein schlechtes Gewissen, aber das vergeht dann auch wieder schnell.

Jedenfalls haben Heinz und Ingeburg sich immer öfter gestritten – und dann haben sie plötzlich von Scheidung geredet. Ingeburg hat gesagt, daß Heinz ja gar nicht genug Geld verdiente und sie gar nicht aufhören könnte zu arbeiten und daß sie uns auch nicht aufgeben würde, wenn Heinz das wollte. Wir müßten dann eben allein zurechtkommen. So ging das eine ganze Zeit.

Und dann kam Ingeburg eines Tages und bat uns alle zu einem «round-table-Gespräch», wie sie es nannte. Heinz wußte wohl schon, was kam, aber Gunny und ich, wir waren unheimlich neugierig. Als wir dann alle an dem großen Tisch in ihrem Büro saßen, erzählte sie uns, daß sie einen Freund hätte und nicht bereit wäre, den aufzugeben. Sie wollte wissen, was wir davon hielten. Also echt, mich hat das wie ein Hammer getroffen. Ingeburg hatte zwar inzwischen zwei- oder dreimal bei Freunden übernachtet, aber dabei hab ich mir nichts gedacht. Diese Freunde kannte ich, und ich wußte, daß Ingeburg mit Jan, der ist Regisseur, viele kurze Filme gedreht hatte und die Frau und die Kinder sehr gern mochte. Aber daß da im Haus noch ein Mann wohnte,

mit dem Ingeburg sich angefreundet hatte, das hatte ich echt nicht mitgekriegt.
Gunny war auch ganz schön geschockt, das hab ich ihm angemerkt. Und nachher im Bett, da hat er es mir auch gesagt. Er war ja ein Jahr vorher dabeigewesen, als sie geheiratet hatten, und er konnte das alles jetzt überhaupt nicht begreifen. Ich glaube, er hatte unheimlich Heimweh, weil nun wieder alles durcheinander war.
Heinz hat dann als erstes gesagt, daß für ihn jetzt wirklich nur noch die Scheidung in Frage kommt und daß er sich sofort um eine neue Wohnung kümmern wird. Irgendwie ist das alles aber ganz ruhig über die Bühne gegangen. Und ich muß sagen, ich hab Ingeburg richtig bewundert, wie sie dagesessen und das alles gesagt hat. Aber das ist Ingeburgs Stärke, sie ist immer unheimlich ehrlich, auch wenn sie dabei den kürzeren zieht. Und sie kann es auch überhaupt nicht leiden, wenn man sie anschwindelt.
Eine Woche später, an einem Sonntag, haben wir dann Ingeburgs Freund Horst kennengelernt. Der ist Kameramann. Zuerst hab ich gedacht, das ist ja noch ein Junge. Nur weil er Ingeburgs Freund war, hab ich ihn dann als Mann angesehen. Er war zuerst auch unheimlich schüchtern. Aber sonst ganz nett. Irgendwie hab ich die Sache mit den beiden am Anfang nicht richtig ernst genommen und gedacht, das wäre nur so ein Flirt von Ingeburg.
Aber da draußen in Ahrensburg, da hat es mir unheimlich gut gefallen. Die haben einen Garten und im Keller Tischfußball und Tischtennis. Und mit Jan konnte man richtig rumtoben und Fußball spielen. Annegret, die Frau von Jan, mag ich auch unheimlich gern. Wir sind dann noch öfter da

draußen gewesen, und ich fand es immer gut. Und Gunny auch. Nur daß Horst und Ingeburg immer so klassische Musik gehört haben, das hat mich genervt.

Es wird mir einfach alles zuviel

Ich fühlte mich in dieser Zeit oft total überfordert. Und oft habe ich gedacht, ich schaffe es nicht.
Mein Mann kümmerte sich überhaupt nicht mehr um uns. Er saß nur noch in Kneipen herum und kam nur zum Schlafen. Ich hatte seinetwegen ein sehr schlechtes Gewissen. Und es gelang mir nur sehr selten, mit ihm in ein Gespräch zu kommen.
In unserer Wohnung herrschte ständig ein totales Chaos. Ich war nur noch mit Kochen, Waschen und Putzen beschäftigt, meine Schreibarbeit blieb liegen.
Dazu kam, daß sich die Jungen unablässig stritten. Sie waren einfach zu unterschiedlich in ihrer Art und ihrem Temperament. Und auch in ihrer Entwicklung. Manuel hatte die Schwierigkeiten mit sich und seiner Umwelt überwunden, hatte auch in der Schule seine Erfolgserlebnisse und lebte so vergnügt vor sich hin. Nur Gundolf störte ihn. In jeder Weise. Gundolf ist von Natur aus ein Einzelgänger, in sich gekehrt, verschlossen. Aber er ist oft auch mürrisch, muffig, stur, und er ist äußerst unordentlich. Ich wußte, sie brauchten dringend jeder ihr eigenes Zimmer. Aber mein Mann machte noch keine Anstalten, sich eine neue Wohnung zu suchen. Und so war ich ständig damit beschäftigt, auszugleichen und zu vermitteln. Manuel bestand auf seiner soeben

erst erworbenen Selbständigkeit. Und ich konnte ihn verstehen. Gundolf dagegen brauchte dringend Zuwendung, Verständnis, Ermunterung. Er hatte soziales Verhalten nie gelernt und tat sich schwer damit. Und Manuels Lebensart verunsicherte ihn zwangsläufig immer wieder. Gundolf interessiert sich zum Beispiel für klassische Musik; Manuel sagte ihm, er fände das doof. Und schon saß Gundolf wieder zwischen den Stühlen. Gundolf verschlingt Bücher geradezu, und ich war stolz, als er sich sogar an Shakespeare heranwagte. Manuel las nur Comics – und ging ansonsten lieber auf Feten. Machte Gundolf zögernde und hilflose Versuche, von seinen Erlebnissen zu erzählen, übersprudelte ihn Manuel mit seinen Geschichten von Mädchen. Und ich wußte oft nicht, wie ich mich verhalten sollte. Ergriff ich für Gundolf Partei und ermahnte Manuel zur Nachsicht, beschwerte er sich, daß ich Gundolf vorziehe. Unterhielt ich mich ausgelassen mit Manuel, zog sich Gundolf in sein Schneckenhaus zurück und sprach tagelang kaum ein Wort. Ich war froh, als die Ferienzeit heranrückte und wir begannen, Pläne zu machen. Zuerst wollten wir alle zusammen mit unseren Freunden aus Ahrensburg zum FKK-Zelten nach Jugoslawien fahren. Aber ich fühlte mich so müde und dem ganzen Vorhaben nicht gewachsen. Ich wollte im Urlaub Ruhe haben. Wollte endlich Zeit zum Schreiben haben – und auch für meinen Freund, für unsere noch junge Beziehung. Dann kam der Plan, die Jungen zusammen in ein Ferienlager zu schicken. Aber beide weigerten sich. Auch sie wollten lieber Urlaub voneinander haben. Da sie schon gezwungen waren, hier in der Wohnung auf engstem Raum miteinander auszukommen, hatten sie wenig Lust, das auch im Urlaub fortzusetzen. Der dritte Vorschlag, daß beide getrennt mit einer Jugendgruppe losziehen sollten, gefiel ihnen schon besser. Aber Manuel murrte immer noch. Für ihn war Jugoslawien nach wie vor aktuell. Er war noch nie mit einer Jugendgruppe verreist, immer nur mit seinem Vater. Und da hatte er weite Reisen gemacht. Sein Vater arbeitet am Flughafen und kriegt Tickets für sich und seine Familie sehr billig. Und so war Manuel nicht nur auf Teneriffa bei seinen Verwandten und in Spanien gewesen, sondern auch mehrmals in Südamerika, wo ein Teil der Familie lebt.

Und nun in eine Jugendherberge? Nur mir zuliebe, wie er immer wieder betonte, war er dann doch einverstanden. Ich war froh, daß ich sozusagen in der letzten Minute noch für beide einen Platz bekam.

Gundolf fuhr sehr gern. Er kannte diese Art Reisen schon. Er hatte sie schon zweimal mitgemacht und war immer sehr vergnügt zurückgekommen.

Aber Manuel?

Zeugnisse, Ferien! – Und wieder Alltag . . .

Ich war damals auch unheimlich genervt von all dem Hin und Her. Gunny ging mir jeden Tag zehnmal auf den Wekker, und Ingeburg war furchtbar nervös. Sie hatte in dieser Zeit auch unheimlich abgenommen. Das stand ihr ja ganz gut, aber es wurde wirklich Zeit, daß die Ferien anfingen. Aber vorher gab es ja noch Zeugnisse. Und das war dann ganz stark. So ein Zeugnis hab ich in meinem ganzen Leben noch nicht gehabt. Ich wußte ja schon vorher so ungefähr, was für Noten ich kriegen würde. Aber als ich das Zeugnis dann in der Hand hielt, da bin ich doch fast ausgeflippt. Das letzte Mal hatte ich fünf Fünfen – und noch die Bemerkung, daß die Versetzung ausgeschlossen ist – und jetzt nur noch Zweier und Dreier! Ingeburg hat sich irrsinnig gefreut; das war ja ein Beweis für sie, daß sie alles richtig gemacht hatte mit mir und daß ihr nun keiner mehr was anhaben konnte. Auch Herr Borsch, der Fürsorger, hat gesagt, daß das etwas ist, was man immer vorzeigen könnte, wenn die Leute was zu motzen hätten. Ich hatte mich in vier Monaten so unheimlich verbessert, daß das beinah schon ein Wunder war. Und für mich war es auch eins. Ich hab ja vorher nie gewußt, daß Lernen auch Spaß machen kann. Das heißt, eigentlich hatte ich ja gar nicht soviel getan. Nur – Ingeburg hatte mir gesagt, daß es gut wäre, wenn man sich abends im Bett noch mal alles anguckte, was am nächsten Tag drankommen könnte – und das hatte ich auch meistens getan. Es war eigentlich ganz einfach.

Mein Alter, ich meine mein Vater, hat es zuerst überhaupt nicht glauben wollen. Echt, dem hat das Zeugnis fast die Sprache verschlagen. Und dann hat er mich in den Arm genommen und mir gesagt, wie stolz er auf mich wäre. Und beim nächsten Besuch hat er Ingeburg eine ganz teure Flasche Wein geschenkt und so rumgesabbelt, wie dankbar er ihr wäre. Ingeburg hat nur noch gestrahlt, so, als hätte sie selbst das Zeugnis gekriegt. Allen Leuten hat sie davon erzählt. Ich fand sie richtig niedlich, wie sie sich so gefreut hat. Und Gundolf hat sie getröstet, daß er das beim nächstenmal bestimmt auch schaffen wird. Er hatte diesmal, weil er erst so kurz auf der Schule war, die alten Zensuren gekriegt, mit einem Vermerk, daß er gut mitmacht im Unterricht und auch Fortschritte zeigt.

Ja, und dann begannen die Ferien. Also echt, ich wäre wirklich lieber mit nach Jugoslawien gefahren, obwohl nackt zelten – daran hätte ich mich erst gewöhnen müssen. Aber Ingeburg sagte, da gewöhnte man sich schnell dran und fände es unheimlich schön, mal keine Klamotten anzuhaben. Als ich dann mit einer Jugendgruppe weg sollte, war ich erst beleidigt und hab mir überlegt, ob ich nicht doch lieber nach Spanien zu meinen Verwandten fahren sollte. Aber Gunny hat immer so rumgesponnen, daß das ganz dufte wäre, auch mit den Mädchen, und das hat mich dann etwas damit ausgesöhnt.

Ingeburg hat mich dann an den Bus gebracht. Gunny war schon zwei Tage vorher losgefahren. Ihn hatten wir auch

hingebracht. Da hatte ich es unheimlich doof gefunden, mit so vielen in einen Bus gepfercht zu werden und fünf Stunden lang zu fahren. Als ich dann in meinem Bus saß, war ich auch enttäuscht. Am liebsten wäre ich wieder ausgestiegen. Aber dann hat mich Ingeburg von draußen auf zwei Mädchen aufmerksam gemacht, die hinter mir saßen, das war doch ein Lichtblick. Ich glaube, Ingeburg hat auch ein schlechtes Gewissen gehabt, weil ich da so traurig in dem Bus saß und sie zwei Stunden später nach Jugoslawien fuhr.
Ja, und dann wurde das mein bester Urlaub. Bei der ersten Rast unterwegs lernte ich gleich unseren Jugendbetreuer Thorsten kennen. Das ist vielleicht ein Typ. Der ist siebzehn und 1,89 Meter groß. Seine Eltern fahren auch immer mit als Betreuer. Wir kamen so ins Gespräch, und wir verstanden uns sofort. Wir stellten dann auch gleich gemeinsam fest, daß in unserer Gruppe gar nicht so schlechte Mädchen waren. Das beruhigte mich sehr.
In der Jugendherberge schliefen wir in Zimmern mit sechs Betten. Bei mir waren leider nur etwas beknackte Typen drin – bis auf einen, der war ganz in Ordnung. Nach zwei Tagen hatten sich schon richtige Gruppen und Cliquen gebildet. Ich war immer mit Thorsten zusammen. Und bei der ersten Disko, die wir veranstalteten, hat mich Thorsten gleich zum Diskjockey ernannt. Und dann die Mädchen. Ich hatte jeden Tag eine andere Freundin. Echt, ich hab da die Mädchen gewechselt wie die Hemden. Und die wechsle ich oft.
Wir hatten auch unheimlich viel Freizeit, die ich meist mit Thorsten und ein paar Mädchen in der Stadt verbrachte, Kneipenzüge machen und so. Obwohl ich ja nicht trinke.

Alkohol und Zigaretten und auch so andere Drogen, die süchtig machen, finde ich nicht gut. Man kommt dadurch vielleicht in eine andere Stimmung, das vielleicht, aber ändern tut man damit nichts, eher im Gegenteil, weil man sich mit dem Zeug die Gesundheit ruiniert. Und damit angeben, wieviel man verträgt, das finde ich auch blöd. Also, ich hab da nicht mitgemacht. Aber so dabeisein, das war schon Klasse. Mir sind dann auch die drei Wochen viel zu schnell vergangen. Ich hatte überhaupt keine Zeit zum Schreiben gefunden. Obwohl Ingeburg mir aus Jugoslawien dreimal geschrieben hat und wissen wollte, ob es mir gefiele. Das war immer noch ihr schlechtes Gewissen.

Als wir uns dann wieder in der Wohnung trafen, da war ich genauso braun wie Ingeburg. Uns allen dreien hatten die Ferien sehr gut gefallen, und wir waren bester Laune. Auch Heinz, der zu Haus geblieben war und im Garten seiner Eltern Urlaub gemacht hatte. Er sagte, er wäre froh gewesen, daß wir «Verrückten» mal weg waren. Aber das hat er nicht böse gemeint. Er hatte inzwischen auch eine Wohnung gefunden, wo er am 1. September einziehen konnte. Echt, da war es mal wieder richtig schön bei uns.

Auch mit meinem Vater und Ursula verstand ich mich immer besser. Sie waren ebenfalls im Urlaub gewesen. Und ihnen merkte man das auch an. Ich finde, die Leute sollten viel häufiger Urlaub haben und das Geld dazu, um verreisen zu können. Es muß ja nicht gerade viel kosten. Ingeburg zum Beispiel und ihre Freunde haben in Jugoslawien unheimlich wenig ausgegeben und sind doch sehr glücklich und erholt wiedergekommen. Das hat man deutlich gemerkt. Ingeburg konnte viel besser zuhören, hat viel mehr

Unsinn mit uns gemacht – und trotzdem auch wieder gearbeitet.
Das finde ich überhaupt nicht gut an unserer Gesellschaft, daß da wenige Leute so unheimlich viel Geld haben und oft nicht mal was dafür tun, wie zum Beispiel dieser Krupp. Der hat das Geld ja nur geerbt, und der lebt da wie so ein König. Und wenn man es genaunimmt, dann haben sein Vater oder seine Vorfahren das Geld doch nur gemacht mit der Arbeitskraft der Leute in den Fabriken. Die haben geschuftet und konnten sich nie einen Urlaub leisten und irgendwohin fahren oder auch nur mal gar nichts tun. Ich bin wirklich kein Kommunist, dafür hab ich auch gar nicht den Durchblick, aber daß da was ungerecht ist bei uns und daß man das besser verteilen könnte, das hab ich schon begriffen.
Wir lebten dann erst mal wieder so recht und schlecht zusammen. Aber große Probleme gab es eigentlich nicht. Ingeburg motzte zwar ab und zu wieder mit uns rum, weil es uns schwerfiel, uns an unsere Pflichten im Haus zu halten, und wir statt dessen Verabredungen trafen – aber das war nicht besonders schlimm. Gunny nervte mich immer noch mit seiner Unordnung, aber dafür war er dann auch wieder ganz nett. Ich verstand mich jetzt viel besser mit ihm. Wir hatten schon vor den Ferien immer ausgeknobelt, wer das Zimmer wann haben durfte, wenn ein Freund oder eine Freundin zu Besuch kam. Das war meistens bei mir der Fall.
Ich hatte nämlich damals eine Freundin, Monika hieß sie. Die hatte ich auf einer Butterfahrt kennengelernt, die wir mit anderen Schulklassen zusammen gemacht haben. Schon im Bus hatte sie mich immer angelacht. Und auf dem Schiff bin

ich dann mit ihr losgezogen. Das war echt dufte. Am nächsten Tag auf dem Schulhof bin ich nicht zu ihr hingegangen, weil ich dachte, daß das nur so für einen Tag gewesen wäre. Aber nach einer Woche, ich hab schon wieder an andere Mädchen gedacht, da hat sie mich angerufen und gefragt, ob ich Lust habe, zu einer Freundin zu kommen, sie wäre auch da. Wir drei haben dann erst nur zusammen dagesessen, Musik gehört und uns unterhalten. Aber schließlich ist ihre Freundin rausgegangen, das war ganz eindeutig. Ja, und dann hab ich mich gleich rangemacht. Später am Abend hat Monika dann angerufen und gefragt, ob ich mit ihr gehen wollte, und ich hab ja gesagt, und alles war gelaufen.
Anfangs bin ich ja nur mit ihr gegangen, weil sie so gut aussah, aber so nach einer Woche war ich echt ganz schön in sie verknallt. Und da wollte ich eben häufiger mit ihr allein sein. Gunny hat uns dann auch öfter das Zimmer überlassen. Und wenn er das mal nicht wollte, was ich ja verstehen konnte, dann hat uns Ingeburg in ihr Zimmer gelassen.
Ich hatte mit Monika ausgemacht: Petting ja, aber mehr erst mal nicht. Aber dann kriegte Ingeburg doch Angst; sie hat gesagt, daß wir immer so verschwiemelt rauskämen – sie meinte damit, daß wir verquollen aussähen – und daß ihr dabei gar nicht wohl sei, weil wir noch so jung wären. Monika war ja auch erst dreizehn. Und wie immer wenn Ingeburg nicht weiter wußte mit uns, hat sie gebeten, daß wir das Problem mit Herrn Borsch, dem Fürsorger, besprechen. Dagegen hatten wir auch nie was, weil der ein echt dufter Typ ist. Ja, und Herr Borsch hat dann gesagt: «Wenn man da gerade in action ist, passiert das ganz schnell, auch wenn man es eigentlich nicht will.» Und er hat gemeint, daß

es besser wäre, wenn wir nicht so oft länger allein in einem Zimmer wären.
Monika und ich haben uns trotzdem viel gesehen. Aber vielleicht war es doch zu oft, denn wir haben angefangen, uns häufiger zu streiten. Und ich hab auch gemerkt, daß ich mich für andere Mädchen interessiere, und hab so Andeutungen gemacht, daß wohl bald Schluß wäre. Monika hat dann immer angefangen zu weinen und gebeten, daß wir es doch noch mal probieren sollten. Aber mir wurde immer klarer, daß ich das nicht mehr wollte. Und da hab ich eines Abends all meinen Mut zusammengenommen und bei ihr angerufen, um zu sagen, daß Schluß sei. Aber dann konnte ich es doch nicht und hab mich nur lange mit ihr unterhalten. Nachdem ich aufgelegt hatte, sagte ich mir, wenn ich nun doch noch weiter mit ihr gehe, lüge ich sie eigentlich nur an und quäle mich. Also hab ich sie noch mal angerufen und ihr gesagt, daß es mir leid tut, daß die Zeit mit ihr toll war und wir weiter gute Freunde bleiben könnten, daß aber Schluß sei. Da war sie zuerst ganz baff, sagte eine Zeitlang gar nichts, und dann fing sie an zu heulen und wollte wissen, warum. Ich sagte ihr, daß wir uns in letzter Zeit zu oft gestritten hätten und daß ich sie nicht mehr so gut fände wie früher; und ohne sie antworten zu lassen, habe ich dann eingehängt und mich unter die Dusche gestellt, um mein seelisches Gleichgewicht wiederzufinden. Mich hatte das nämlich auch ganz schön mitgenommen. Ich hab dann bis zu den Ferien eine richtige «Fastenzeit» eingehalten und bin mit keinem Mädchen mehr gegangen.

Dann kam der große Augenblick, wo Heinz ausziehen sollte, das war am 1. September. Gunny und ich wollten wieder knobeln, wer nun sein Zimmer bekommt. Da waren wir nämlich beide scharf drauf. Abgesehen davon, daß wir uns freuten, weil nun jeder sein eigenes Zimmer bekam, war das Zimmer von Heinz viel größer als das, das wir jetzt gemeinsam bewohnten. Es hatte auch eine schönere Tapete und einen großen Balkon. Aber Ingeburg hat uns dann die Entscheidung abgenommen. Sie hat einfach bestimmt, daß Gundolf das Zimmer bekommt. Weil er, wie sie sagte, länger bei ihr bleiben wird und auch immer am Wochenende da war, wenn ich manchmal bei Freunden schlief oder bei meinem Vater war. Mich hat das unheimlich geärgert. Zuerst jedenfalls. Dann hab ich aber gemerkt, daß diese Lösung auch Vorteile für mich hatte. So hörte ich in dem hinteren Zimmer nicht dauernd die klassische Musik, die Ingeburg bei ihrer Schreibarbeit aufdreht – und andererseits konnte ich auch meine Musik voll aufdrehen, ohne Ingeburg zu nerven.
So Rock- und Popmusik kann sie nämlich überhaupt nicht ab. Auch wenn das eine leise oder langsame Nummer ist – da ist sie unheimlich altmodisch. Das hat mich oft geärgert. Denn wenn man eine neue Platte hat oder eine Kassette, dann will man die doch jemandem vorspielen, daß der sich mitfreut. Aber da kriegt Ingeburg immer so merkwürdige Falten auf der Stirn und sagt so richtig leidend: «Oh, bitte nicht.»
Wenn ich da auch manchmal sauer auf sie war, irgendwie fand ich sie dann doch wieder ganz süß. Zum Beispiel, als sie uns erklärt hat, daß wir Heinz beim Umzug helfen und

nett zu ihm sein sollten, weil das alles ja nicht leicht für ihn war. Oder als sie mit uns die Wochenenden geplant hat, damit sie mit ihrem Horst auch mal allein sein konnte – und dann hatte sie trotzdem ein schlechtes Gewissen und ist wieder zurückgekommen – oder hat dauernd mit uns telefoniert, ob es uns auch gut ginge. Und dann, als sie mal sonntags mit Horst spazieren war, da ist Gundolf voll durch eine Scheibe in ihrem Schlafzimmer gedonnert. Da war sie zuerst ganz verzweifelt und hat gesagt, daß wir uns wie die Babys benehmen, wenn sie uns mal fünf Minuten allein läßt. Dabei konnte Gunny wirklich nichts dafür. Aber sie hat das dann in Ordnung gebracht mit ihrer Versicherung und nicht mehr davon gesprochen. Und da hab ich oft gedacht: Man kann eben nicht alles haben. Und besser als bei Ingeburg hätte ich es bestimmt nirgends sonst gehabt. Da muß man dann auch mal in Kauf nehmen, daß sie nervig ist und rumbrüllt – das dauert ja nie lange – oder daß sie manche Sachen nicht mitmacht, wie eben die Musik.

Dafür ist sie in anderen Sachen wieder ganz toll. Gunny und ich, wir hatten schon oft darüber geredet und uns dann nicht getraut – aber schließlich sind wir doch mal zu Ingeburg gegangen und haben sie gefragt, mehr so aus Spaß: «Würdest du uns . . .» – wir waren richtig verlegen dabei, das kann ich ja ruhig zugeben. Also, wir haben sie gefragt, ob sie uns so Kondome besorgen würde. Und da hat sie ganz ernsthaft mit uns geredet und gefragt, warum wir die haben wollten. Sie hat gesagt, daß sie auch versteht, wenn wir mal wissen wollten, wie so was aussieht. Wir wußten das zwar schon vorher, eigentlich wollten wir ja nur mal sehen, wie sie darauf reagierte. Sie hat dann versprochen, daß sie uns die besorgt, und kam auch gleich am nächsten Tag damit an. Das fand ich echt stark von ihr. Besonders weil sie so was noch nie gekauft hat, wie sie sagte, und auch etwas verlegen war, als sie im Laden danach gefragt hat. Sie hat uns das genau beschrieben, und wir drei haben dann mächtig darüber gelacht.

Das ist ja auch so eine Sache, daß sich die meisten Eltern nicht trauen, überhaupt mit ihren Kindern darüber zu reden. Obwohl – mit meinem Vater kann ich das schon. Der ist dann richtig stolz auf mich. Aber sonst machen Eltern das doch selten, weil sie so verkorkst erzogen worden sind und da unheimlich verklemmt sind. Die denken oft, daß wir von sexuellen Dingen in unserem Alter überhaupt noch nichts wissen sollten oder höchstens nur so biologisch. Dabei vergessen sie ganz, daß man an jedem Kiosk unheimliche Bilder zu sehen kriegt und daß in der Schule, so quasi unter der Schulbank, Pornohefte gehandelt werden. Einmal hat Ingeburg so eins durch Zufall bei uns entdeckt und gesagt, daß sie selbst noch verlegen wird, wenn sie sich das ansieht, und daß das mit Liebe nichts zu tun hat. So richtig offen und ehrlich über solche Sachen kann ich nur mit Ingeburg reden oder mit Ursula, wenn ich dort bin.

Mit Ursula verstehe ich mich überhaupt immer besser. Und wenn mehr Platz wäre in der Wohnung, dann wäre ich bestimmt öfter da. Auch wegen Monika, die ja so was ähnliches wie meine Stiefschwester ist. Sie ist jetzt schon sechzehn, aber wenn es nach meinem Vater ginge, dürfte sie überhaupt noch nichts. Darin ist er immer noch ein richtiger Spanier und denkt: Mädchen dürfen keinen Freund haben und haben immer brav zu Hause zu bleiben. Monika hat

schon viele Jahre eine Freundin, die mein Vater auch kennt, und wenn sie mal was vorhat und Ursula ihm sagt, daß Monika mit der Freundin unterwegs sei, dann hat mein Vater nie was dagegen. Weil er eben diese Freundin von Monika und deren Eltern akzeptiert.
Bei mir und meinen Freunden ist das oft anders. Meine Freunde, einige jedenfalls, kennt er von früher, und damals wollte er ja überhaupt nicht, daß ich Freunde habe. Gegen die ist er immer noch allergisch, und er will nie, daß ich bei denen bin. Das hat er auch oft zu Ingeburg gesagt und meine Freunde bei ihr schlechtgemacht. Und Ingeburg hat dann auch ab und zu auf ihn gehört. Besonders weil sie manchmal wollte, daß ich ihr meine Freunde mal vorstelle. Also, so hat sie das vielleicht nicht gesagt, nur: Sie wollte sie kennenlernen. Aber die wohnten so weit weg – und dann war Ingeburg dagegen. Und ich durfte nur noch alle vier Wochen bei meinem Freund übernachten.
Dabei waren dort immer die besten Feten. Es war schon fast auf dem Land, und es kamen immer unheimlich viele Leute zusammen – natürlich auch viele Mädchen –, und, na ja, ich war dort eben immer sehr gefragt. Aber wenn man nur so alle vier Wochen kommt, da kann sich ja eigentlich nichts Richtiges entwickeln. Vielleicht war das auch gut so, weil ich nämlich immer wieder noch bessere Mädchen da gesehen hab, vielleicht hätte ich mich gar nicht entscheiden können.
Ingeburg hat dann eines Tages vorgeschlagen, ich solle zu meinem Geburtstag, der ist Mitte Dezember, die alle einladen und selber eine Fete machen. Als Gundolf fünfzehn wurde, Mitte September, da haben wir den Boden ausgeräumt, der ist direkt über unserer Wohnung, und haben da

Teppiche hingelegt und überall Gardinen aufgehängt, so daß es richtig schummrig war, und so Knutschecken aus Matratzen zusammengestellt. Ingeburg hat einen Tisch aufgebaut mit Frikadellen und einer Käseplatte und Kekse und Brot und Obst in einen Korb getan – und dann hat sie in einer alten Milchkanne Aprikosenbowle gemacht –, also, die Fete war echt Klasse. Für Gundolf war das die erste Fete überhaupt, und er war richtig glücklich, obwohl nicht alle gekommen waren, die er eingeladen hatte.

Und nun sollte ich auch so eine Fete geben. Aber irgendwie hatte ich dazu keine Lust. Erstens, weil ich da viel zu viele hätte einladen müssen – ich hätte überhaupt nicht gewußt, wo ich anfangen und wo ich aufhören sollte –, und dann hat mir auch das Geld leid getan. Von Ingeburg hatte ich fünfzig Mark gekriegt, egal, was ich damit mache. Und ich war scharf auf ein Mofa. Da hab ich dann überhaupt nichts gemacht an meinem Geburtstag. Ich bin nur zu meinem Vater und Ursula gefahren, und dort haben wir nur Kaffee getrunken. Als ich dann abends mit meiner Stiefschwester Monika noch weg wollte, da wollte Ursula das nicht – und ich war sauer und bin wieder nach Haus zu Ingeburg gefahren.

Also, das war ein ganz schön beknackter Tag – und dabei hatte ich mich so darauf gefreut. Endlich fünfzehn. Ich hab zwar vorher schon immer gesagt, wenn mich wer gefragt hat, Mädchen und so, daß ich älter wäre – ich seh ja eigentlich auch viel älter aus. Und ich komme jetzt auch schon in jeden Film. Wenn Thorsten, mein Freund aus den Ferien, dabei ist, dann erst recht, weil der so groß ist und auch viel älter aussieht. Ingeburg regt sich immer auf, wenn ich ihr erzähle, daß wir in so einem Porno waren, obwohl sie dann immer lachen muß, wenn sie hört, worum es da ging. Na, jedenfalls ich bin fünfzehn geworden – und ich hatte auch eine ganze Menge Geld zusammen. Aber dann hab ich mir doch kein Mofa gekauft. Irgendwie ist das Geld so weggegangen, für Röhrenjeans und richtige Cowboystiefel und so weiter. Diesmal hat Ingeburg auch nicht über die Klamotten gemeckert, sondern gesagt, sie fände es ganz prima, wie das aussieht.

Mein Vater hat überhaupt nichts gesagt. Dem gefällt sowieso nicht, wie ich rumlaufe. Immer meckert er über meine langen Haare – und dabei hab ich, nee, Ingeburg hat fast zwanzig Mark für einen Schnitt bezahlt, und man kann wirklich nicht sagen, daß das ungepflegt aussieht. Ich wasch mir die Haare ja auch alle zwei Tage, denn so ungepflegt würde ich mir ja selbst nicht gefallen. Aber sonst war mein Vater sehr großzügig. Er hat mir zum Geburtstag und zu Weihnachten zusammen eine Kompaktanlage mit zwei 25 Watt-Boxen geschenkt. Das fand ich unheimlich stark von ihm. Wo er doch sonst immer so rumjammert, daß er kein Geld hat.

Zwischen meinem Geburtstag und Weihnachten hat dann bei Ingeburg so ein Gespräch stattgefunden. Mit meinem Vater und Ursula und Herrn Borsch, dem Fürsorger. Ingeburg hatte vorher schon ein paarmal gefragt, ob ich jetzt nicht lieber wieder ganz zu meinem Vater ziehen würde. Und ich hab immer gesagt, daß ich das schon wollte, nur daß die Wohnung eben zu klein wäre. Als wir dann alle an dem großen Tisch im Büro saßen, da hat Ingeburg gesagt, sie

glaubte, daß ich aus allen Schwierigkeiten raus wäre und daß ich jetzt meinen Vater brauchte. Und irgendwie hatte sie damit auch recht. Wenn ich jetzt am Wochenende – oder auch wenn Ingeburg in einer anderen Stadt arbeitet – bei meinem Vater und Ursula bin, fühl ich mich da richtig zu Hause. Ich verstehe mich auch mit meinem Vater viel besser. Er hat sich echt verändert. Er hört mir jetzt auch mal zu und läßt meine Meinung gelten. Und Ursula ist immer im Haus und hat Zeit, wenn man ihr was erzählen will. Nicht so wie Ingeburg, die oft nervös ist, weil sie soviel Arbeit hat.
Herr Borsch hat dann gesagt, daß mein Vater und Ursula sich eine größere Wohnung suchen müßten, wenn sie zusammenbleiben wollten. So wie es besprochen war. Und daß ich dann wieder nach Hause kommen sollte. Und sie haben mich gefragt, ob ich das wollte, und da hab ich auch «ja» gesagt. Aber irgendwie kam es mir doch komisch vor. Ich konnte mir überhaupt nicht richtig vorstellen, wieder ganz mit meinem Vater zusammen zu leben und mich mit ihm auseinanderzusetzen – so ganz ohne Ingeburg.
Ich konnte mir das wirklich nicht vorstellen. Aber ich hab mich dann damit getröstet, daß das mit der Wohnung ja gar nicht so schnell gehen würde. Und erst mal kam ja auch Weihnachten, da sollte ich sowieso wieder bei meinem Vater sein. Da würde ich ja sehen, wie das so läuft.

Viel zuviel Arbeit und ein schlechtes Gewissen

Das erwähnte Gespräch kam keineswegs überraschend. Schließlich hatte Herr O. darauf bestanden, daß sein Sohn bald wieder zu ihm zurückkam. Allerdings hatte er versprochen, seine Freundin Ursula zu heiraten. Und eine größere Wohnung sollte er auch suchen. Nichts davon war in den vergangenen Monaten passiert. Und ich fühlte mich von ihm beinah auf den Arm genommen. Ich wurde den Verdacht nicht los, daß es dem Vater nach seiner anfänglichen Wut und Verzweiflung jetzt ganz recht war, daß Manuel von mir versorgt und erzogen wurde. Er kümmerte sich überhaupt nicht um seinen Sohn, rief nie an, besuchte ihn nie – er war wohl zufrieden damit, daß Manuel einmal im Monat bei ihm und seiner Freundin übernachtete – oder für ein paar Tage zu ihnen zog, wenn ich beruflich unterwegs war.
Mir gefiel das nicht. Ich wollte den Vater nicht aus seiner Pflicht entlassen. Hinzu kam, daß der Fürsorger und ich der Meinung waren, daß Manuel jetzt seine Schwierigkeiten überwunden hatte. Er hatte gelernt, sich durchzusetzen und auch seinem Vater gegenüber seine Bedürfnisse durchzusetzen. Wir waren der Ansicht, daß Manuel jetzt seine Familie brauchte.
Ein weiterer, sehr wichtiger Punkt war, daß ich das Gefühl hatte, Manuel wuchs mir über den Kopf. Das heißt, in

unserer Beziehung zueinander war eine Veränderung eingetreten. Er war zwar nach wie vor freundlich, hielt sich auch meist an unsere Abmachungen und Absprachen – ansonsten aber verschloß er sich mehr und mehr. Er war viel unterwegs, erzählte aber nicht mehr alles, oder besser gesagt, sehr wenig. Er hatte sich jetzt auch mehr an Gunny gewöhnt. Die beiden saßen oft stundenlang in einem ihrer Zimmer, spielten Karten und unterhielten sich. Worüber, erfuhr ich selten. Auf der einen Seite war ich froh Gunnys wegen, auf der anderen Seite spürte ich, daß sich so langsam eine Wand zwischen uns aufbaute. Und ich hatte selbst so viele Schwierigkeiten, daß ich mir nicht genügend Zeit nahm, das zu ändern.

Ich hatte einfach zuviel zu tun, war zu oft unterwegs. Und dabei entwickelte ich ein schlechtes Gewissen, weil ich mich nicht genug um die Jungen kümmerte. Hinzu kam die Angst, es könnte etwas passieren, während ich nicht da war. Und war ich dann im Haus, wartete die Schreibarbeit auf mich – und der Haushalt. Ich ärgerte mich über tausend Kleinigkeiten, über die Nachlässigkeiten der Jungen, die inzwischen immer gemeinsam gegen mich antraten – freiwillig keinerlei Arbeit übernahmen und immer öfter nur murrend und nach ständigen Ermahnungen ihre Pflichten erledigten. Und dann noch die Schwierigkeiten mit meinem Freund, der sich nicht daran gewöhnen konntc, daß die Jungen dazugehörten. Er wollte sich da heraushalten. Und wenn er hier war, erwartete er ganz selbstverständlich, daß sich die beiden zurückzogen. Wir hatten oft Auseinandersetzungen deswegen – und die Jungen bekamen das natürlich mit. Ich wußte längst, daß ich mich von ihm trennen

mußte – brachte es aber andererseits nicht fertig. Schließlich war ich seinetwegen erst vor zwei Monaten geschieden worden.
Um noch mal über alles nachdenken zu können und mir über meine Situation klarzuwerden, wollte ich über Weihnachten allein sein. Manuel sollte deshalb die Ferien bei seinem Vater verbringen, und Gunny fuhr zu seinen Großeltern nach Essen.
Zwischen Weihnachten und Silvester hat mir dann mein Freund die Entscheidung abgenommen, indem er sich von mir trennte. Da stand ein gebildeter, erwachsener Mann vor mir und erklärte allen Ernstes, er könne meine «Launen» nicht mehr ertragen. Daß ich überfordert war, daß er mich zusätzlich überforderte, indem er mich für sich allein verlangte, statt mir zu helfen, das stand gar nicht zur Debatte.
Trotzdem hat mich die Trennung sehr mitgenommen. Und ich war froh, als Manuel und Gunny aus den Ferien zurückkamen und wir versuchten, wieder unser normales Alltagsleben zu führen.

Ich sitze echt zwischen zwei Stühlen

Eigentlich wäre ich über Weihnachten wirklich lieber bei Ingeburg geblieben. Es gefiel mir nicht, daß sie allein sein würde. Sie sagte zwar, daß sie Weihnachten mit Tannenbaum und in Familie nicht gewöhnt wäre und Angst vor Sentimentalitäten hätte, aber so richtig hab ich ihr das nicht abgenommen. Immerhin hatte sie Kekse und Früchtebrot gebacken, und obwohl wir ausgemacht hatten, daß wir uns nichts schenken, hatte sie doch was für uns eingepackt – und Gunny und ich haben ihr auch was geschenkt.
Ich wußte ganz genau, daß da was zwischen Ingeburg und Horst nicht stimmte. Und dann fuhr Horst noch über Weihnachten zu seinen Eltern, und Ingeburg sagte, sie müßte arbeiten. Ich hab sie dann jeden zweiten Tag angerufen, und da hat sie mir irgendwann erzählt, daß mit Horst Schluß ist. Also, das hat mich doch getroffen. Weil Ingeburg unheimlich traurig war, sie hatte ja sehr an ihm gehangen. Und ich hatte Angst, daß sie jetzt wieder mit dem Trinken anfängt. Das hatte sie sich nämlich ganz schön abgewöhnt, da hatte Horst echt einen guten Einfluß auf sie. Und auch mit dem Rauchen war das nicht mehr so schlimm, weil Horst nicht rauchte. Ich hatte eine unheimliche Wut auf ihn und wäre am liebsten zu ihm hingefahren und hätte ihn verprügelt.
Es hatte sich wohl auch in den letzten Wochen schon einiges

bei mir aufgestaut. Ich weiß nicht, wie das gekommen ist. Irgendwann hatte da wieder so eine Stimmung bei uns angefangen. Und ich hatte dann plötzlich auch keine Lust mehr auf die Schule. Und bin nach Schulschluß überhaupt nicht mehr gern nach Hause gekommen. Ich bin ja eigentlich ein lustiger Mensch und mach gern Witze und Blödsinn. Aber bei uns hockte jeder in seinem Zimmer rum und war traurig, daß alles nicht so war, wie man sich das vorstellte. Klar, Gunny und ich, wir wußten schon, daß Ingeburg viel zu tun hatte. Und wenn sie geschimpft hat, weil wir was vergessen hatten, dann haben wir ein schlechtes Gewissen gekriegt und waren sauer auf uns – und dann wieder auf Ingeburg, weil sie es gewesen war, die uns ein schlechtes Gewissen verschafft hat. Das war so ein richtiger Kreislauf.
Ja, und einen Tag vor Silvester, als Ingeburg mir das mit Horst erzählt hat, da bin ich dann trotz alledem zu ihr gefahren. Obwohl sie das nicht wollte. Aber sie hat mich am nächsten Morgen wieder weggeschickt und gesagt, daß sie damit allein fertig werden muß.
Bei meinem Vater und Ursula war es über Weihnachten soweit ganz gut. Wir hatten einen Tannenbaum, und Ursula hatte auch Kekse gebacken und Kuchen, und wir haben richtig Heiligabend gefeiert. Nur in die Kirche sind wir nicht gegangen. Dafür sind wir alle nicht so. Obwohl ich ja katholisch bin, so wie mein Vater, sind wir überhaupt nicht religiös. Ich kann mit Gott und alldem nicht viel anfangen. Das heißt, ich mach mir darüber auch wenig Gedanken. Nur daß der Papst die Pille verbietet und daß man vor der Ehe nicht miteinander schlafen darf, das regt mich auf. Wie soll ich das denn mal machen? Heiraten werde ich bestimmt nicht. Ich

glaube, selbst wenn die Liebe ganz groß ist, kann man nicht ein ganzes Leben lang zusammenbleiben. Und ich glaube auch, daß die echte Liebe zu einer Frau nur so drei bis fünf Jahre hält. Hinterher ist man nur noch aus Gewohnheit zusammen und weil man konservativ ist.

Aber Wohngemeinschaften, die finde ich gut, da würde ich gern mitmachen, weil da alle aus den gemeinsamen Problemen lernen können. Außerdem ist das auch rationeller, weil man nur einen Kühlschrank und eine Waschmaschine braucht und so. Und wenn da mehrere Kinder sind, dann braucht nur einer zu Hause zu sein. Dann bleibt das nicht immer an den Frauen hängen. Das finde ich nämlich auch nicht gut, da bin ich schon für die Gleichberechtigung. Wenn eine Frau einen Beruf hat und das gern will, dann soll sie den auch ausüben. Nur daß ich vielleicht Hausmann sein soll, und die Frau verdient die Kohlen, das könnte ich nicht, dafür bin ich nicht. Aber wenn die Arbeiten geteilt werden, ja, und ich meine, so was geht in einer Wohngemeinschaft immer besser.

Mein Vater ist da noch richtig altmodisch. Der spielt bei Ursula immer noch den Pascha. Aber die läßt sich jetzt auch nicht mehr alles gefallen. Sie sagt ihm jetzt auch schon ganz schön die Meinung. Aber dann gibt's immer Krach. Ursula nimmt das ja nicht tragisch, aber mein Vater will dann immer gleich wieder ausziehen und sich allein eine Wohnung nehmen. Und dann redet er davon, daß ich wieder bei ihm wohnen soll. Aber da mach ich nicht mit. Ich hab ja erlebt, wie das ist. Da würde ich schon lieber bei Ursula bleiben, wenn sie sich trennen und ich nicht bei Ingeburg bleiben könnte.

Ich sitze da echt zwischen zwei Stühlen. Denn Ingeburg und Ursula mag ich ja eigentlich gleich gern. Bei Ingeburg gefällt mir eben, na ja, daß sie mich damals aufgenommen und mir geholfen hat, als ich sonst keinen Menschen hatte. Aber es ist nicht nur Dankbarkeit. Bei Ingeburg hab ich mich ja eigentlich erst richtig kennengelernt. Und dann gefällt mir auch ihre Art, wie sie sich um andere Menschen kümmert und sorgt.
Ich bin da anders, ich denke immer zuerst mal an mich. Das ist bei Ingeburg auch einfach. Wenn man nach Hause kommt und merkt, daß heute bei ihr Blödsinn nicht ankommt – oder es riecht nach Arbeit und man sollte eigentlich helfen, dann braucht man nur zu sagen: «Ich hab unheimlich viel auf für die Schule», oder sogar nur: «Ich geh jetzt in mein Zimmer.» Und dann macht man die Tür hinter sich zu und ist für sich. Da kann ich Musik hören und lesen oder einfach nur so rumsitzen und an was denken – da wird man selten gestört. Ingeburg ist ja oft froh, wenn man sie in Ruhe läßt.
Bei Ursula wäre das anders. Da leben erst mal viel mehr Personen viel enger zusammen. Und dann rennt mein kleiner Bruder den ganzen Tag durch die Wohnung – und der Hund hinterher. Und Ursula hat sich ja auch nur um den Haushalt und die Kinder zu kümmern. Da ist man viel mehr unter Aufsicht. Da hätte ich bestimmt nicht mehr soviel Freizeit. Aber andererseits ist man auch nicht so oft allein. Also, ich sitze da echt zwischen zwei Stühlen. Und ich glaube, egal, wo ich leben werde, immer wird mir das andere Zuhause fehlen. Immer werde ich dann denken, da wäre es besser.

Hauptsache wir vertrauen einander

Ende Januar kam der große Hammer. Zuerst hatte mich der Lehrer von Gunny angerufen, um mich auf vier Fünfen im Zeugnis vorzubereiten. Gunny hatte in den Pflichtkursen, Sport und Gitarre, total versagt. Ich war unheimlich enttäuscht und sauer, weil zumindest diese zwei Fünfer auf reine Faulheit zurückzuführen waren. Dabei hatte er so angegeben mit seinem Gitarrekurs. Und immer behauptet, er übe mit Freunden. War auch immer losgezogen mit dem Ding. Und ich war auch sauer, weil ich nicht genug kontrolliert und nachgefragt habe. In Deutsch und Englisch, früher immer Gunnys schwächste Fächer, hatte er unheimlich aufgeholt, weil ich ihn da ständig in der Mangel gehabt habe. Das hatte was gebracht.

Ja, und dann kam drei Tage später der Anruf von Manuels Lehrer. Da bin ich dann fast ausgeflippt. Drei Fünfen – und die Bemerkung dazu: «Sein schulischer Einsatz war zuletzt gering. Der Elan, den er anfangs hatte, ist verschwunden. Seine Leistungen haben insgesamt stark nachgelassen. Er behindert durch unpassende, anmaßende Bemerkungen den Unterricht.»

Ich konnte das überhaupt nicht fassen. Das sollte das Zeugnis von Manuel sein? Manuel, der fast beleidigt und gekränkt reagierte, wenn ich nach den Hausaufgaben fragte? Der mir

immer wieder beteuerte, ich brauche mir um die Schule keine Sorgen zu machen. Der vor Gunny immer den Superschüler spielte, der sogar abends im Bett noch Vokabeln paukt.
Und ich hatte mich auf ihn verlassen. Weil auch der Klassenlehrer bei einem Elternabend im August Manuel über die Maßen gelobt hatte. Ich hatte einfach nicht bemerkt, wann sich da bei ihm etwas veränderte. Doch, einmal hatte er die Schule geschwänzt. Der Klassenlehrer hatte mich gleich informiert, und als Manuel dann früher nach Hause kam und mir eine unheimliche Geschichte auftischte, warum er früher Schulschluß hatte, war ich entsetzt: Zum erstenmal hatte Manuel mich angelogen. Wir haben dann lange darüber geredet, und dabei erklärte er mir, daß er «einfach keinen Bock auf die Schule» hatte, daß er einfach mal ausprobieren wollte, wie das ist, wenn man die Schule schwänzt. Und er versprach mir, daß das nie wieder vorkommt. Es ist dann auch nie wieder vorgekommen.
Statt dessen waren in seinen Erzählungen von der Schule jetzt immer häufiger alle Klassenkameraden und auch die Lehrer «doof» oder «kleinkariert», aber ich habe das nicht weiter beachtet. Ich war schon wieder viel zu sehr damit beschäftigt, meine Termine unterzubringen, meine Manuskripte rechtzeitig abzuliefern und mich über den täglichen Kleinkram zu ärgern, zum Beispiel, daß ich die beiden Jungen immer wieder an ihre Pflichten erinnern mußte, machte mich ganz verrückt. Wenn es um ihr Vergnügen ging, vergaßen sie nie etwas. Und wenn sie etwas von mir wollten, waren sie für einen Nachmittag die zauberhaftesten Kumpels. Ich konnte einfach nicht begreifen, daß es so schwer

sein sollte, eine Zahnpastatube zuzudrehen oder sich die Schuhe abzutreten, und so haben wir die wenige Zeit, die uns blieb, mit Alltagsärger vertan. Ich litt unter Zeitmangel, die Jungen fühlten sich vernachlässigt, und Herr Borsch machte mir vorsichtig klar, daß ich sie gelegentlich überfordere, weil ich sie schon wie Erwachsene behandele und ihnen zuviel zumute, besonders was die Selbstverantwortung betraf.

Also übernahm ich einen Teil der Verantwortung für die schlechten Zensuren der beiden und nahm mir ernsthaft vor, meinen Lebensrhythmus zu ändern oder es wenigstens zu versuchen, um Gundolf in Zukunft eine bessere, aufmerksamere Mutter zu sein und für Manuel weiterhin wenigstens eine Freundin, die Zeit für ihn hat und zu der er Vertrauen haben kann, wenn es Schwierigkeiten gibt.

Denn das war wohl das Entscheidende in unserem Zusammenleben in diesem einen Jahr, daß wir einander vertrauten und uns aufeinander verlassen konnten.

Eine Krise und neue Vorsätze

Also echt, das mit dem Zeugnis, das finde ich auch nicht gut. Aber ich hab da gerade so eine Phase, wo mir alles egal ist. Unser Lehrer meint, das kommt bei 15–16jährigen öfter vor. Jedenfalls ist das so: Ich kann lernen und pauken, und nichts bleibt hängen, und ich verhau alle Arbeiten. Dabei hab ich früher überhaupt nicht oder nur wenig gepaukt und fast nur gute Arbeiten geschrieben. Das hat mich irgendwie entmutigt. Aber Ingeburg konnte ich das nicht sagen, da hatte ich Hemmungen. Und dann hab ich auch gedacht: Ist ja nur das Halbjahreszeugnis und nicht so wichtig, ich strenge mich dann eben mehr fürs Versetzungszeugnis an. Aber wenn ich ehrlich bin: Das hätte ich bestimmt auch nicht getan. Es war nur so eine Ausrede von mir.
Durch die Reaktion von Ingeburg hab ich dann fast einen Schock gekriegt. Und jetzt weiß ich, daß ich mich anstrengen muß. Denn wenn man erst mal ein volles Jahr so «durchhängt» und alles nicht wichtig nimmt, ich glaube, dann schafft man es kaum noch, bis zum Abgangszeugnis wieder «hochzukommen». Und das Abgangszeugnis ist schon wichtig, weil man sich damit ja bewerben muß.
Im Augenblick ist wieder mein alter Ehrgeiz aufgetaucht, weil ich gemerkt hab, wie sehr Ingeburg enttäuscht war. Und ich hoffe, daß dieser Ehrgeiz anhält. Denn ich hab jetzt

ein unheimlich schlechtes Gewissen Ingeburg gegenüber. Und das macht mir immer schwer zu schaffen. Das war auch so, als Ingeburg so Kummer wegen Horst hatte, da hab ich auch immer ein schlechtes Gewissen gehabt, weil ich mich, glaube ich, nicht so gut in andere Menschen reindenken und darum auch nicht so richtig mitleiden kann. Da hab ich immer gedacht: Ingeburg hat schon genug Sorgen und Ärger, ich kann jetzt nicht noch damit kommen, daß ich keine Lust mehr auf die Schule hab oder so. Und da bin ich dann lieber mit Klassenkameraden rumgezogen, zu McDonald's oder in einen Plattenladen, und hab mit denen rumgeblödelt. Ja, und dann hatte ich wieder ein schlechtes Gewissen. Irgendwie muß ich das noch lernen und abbauen, daß ich mich so beeinflussen lasse.

Aber jetzt glaube ich echt, daß ich diese Krise überwunden habe. Ich möchte Ingeburg nicht gern noch mal enttäuschen. Wenn ich jetzt auch bald wieder zu meinem Vater ziehe, so will ich doch die Freundschaft mit Ingeburg und Gunny nicht verlieren.

Hannes findet keine Lehrstelle. Zu Hause ist auch nichts los, seine Eltern sind berufstätig. Mit seinen Freunden kommt er nicht mehr klar. Beim Zeitungaustragen lernt er die Rentnerin Johanna kennen. Die ist anders als die anderen Alten, mit ihr kann man reden, die hört zu . . .
Band 201

Darf es sein, daß Menschen im Gefängnis sitzen, weil sie ihre politische Meinung frei heraussagen, eine besondere Religion verkünden oder eine andere Hautfarbe haben? Für die Befreiung und gerechte Behandlung solcher politischen Gefangenen setzen sich Claudia und Thomas in ihrer Gruppe von «amnesty international» ein. Band 206

Dieses ist die abenteuerliche Lebensgeschichte des schwarzen Häuptlings Hendrik Witbooi und zugleich ein Stück deutscher Kolonialgeschichte in Afrika. Mit dem Aufstand der benachbarten Herero war für Hendrik Witbooi und seine Stämme die Zeit der scheinbaren Unterwerfung beendet. Ein erbitterter Kampf gegen die Übermacht der Fremden begann . . . Band 215

+ loraine de frescard, tochter des franzoesischen waffenproduzenten, in edinburgh entfuehrt. kidnapper fordern 10 millionen francs. renate g., studentin aus wien, in edinburgh vermisst. besteht zusammenhang? surete und scotland yard verfolgen spuren in den highlands +
Erscheint Juli 1980.
Band 251

Marsh Mellow ist 15 und haßt einfach alles, ganz besonders die Schule. Ausgenommen sind die Stunden beim Schulpsychologen, weil er da ein Mädchen namens Edna trifft. Auch Edna ist eine Außenseiterin, deshalb gewinnt sie Marshs Vertauen. Mit viel Geduld und Einfühlungsvermögen gelingt es Edna schließlcih, Marsh aus seiner Traum- und Lügenwelt herauszuholen.
Band 237

Eltern sind manchmal lästig. Aber auch Kinder können nerven. Chlodwig Poth, der Zeichner des Buches «Mein progressiver Alltag» (rororo Band 1807), skizziert hier in Comics und kleinen Geschichten «Tage mit trotziger Tochter».
Band 127

Obwohl Jochen alles genau gesehen hat, traut er sich nicht, Anzeige zu erstatten. Und Ute, die sich bedingungslos einer Gruppe von Jugendlichen anschließt, merkt fast zu spät, daß ihr Schweigen gefährlich ist . . .
Kriminalgeschichten von Patricia Highsmith, Hansjörg Martin, Irene Rodrian, Friedhelm Werremeier und anderen bekannten Autoren. Band 152

R 4/80

Nach einem schweren Autounfall soll sich die sechzehnjährige Agnes in einem langweiligen Dorf an der See erholen. Dort begegnet sie Joachim, dem es ähnlich geht wie ihr: auch er leidet fast noch mehr unter der übertriebenen Fürsorge der Eltern als an den Folgen seiner Krankheit. Wird es den beiden gelingen, mit ihren Schwierigkeiten fertig zu werden? Band 218

Was macht man, wenn man gerade dreizehn geworden ist und zu Hause plötzlich alles drunter und drüber geht? Für Sarah Grinnell aus New York bricht eine Welt zusammen, als ihre Mutter die Familie verläßt. Wieso will eine Mutter auf einmal ihr eigenes Leben? Sarah lernt allmählich, sich selbst zu helfen - nicht nur im Haushalt. Band 204

In Wirklichkeit ist sie natürlich keine Räuberbraut - die dreizehnjährige Mathilde Meier aus Wien. Aber ist das Leben, das sie sich als Isabelle della Porte an der Seite des edlen Don Diego erträumt, nicht viel aufregender und befriedigender als der Alltag einer Schülerin? Entschlossen, wie zuvor in ihren Tagträumen, packt Mathilde mit ihren Freunden die Dinge an, die sie gemeinsam bewältigen können. Band 160

In der Freizeit fahren Peter und seine Freunde Mofa, trinken Bier und flirten. Das ist für Peter vorbei, als Marianne auftaucht, seine frühere Freundin. Aber sie kommt nicht allein, im Arm hat sie ein Baby, und Peter ist der Vater. Bei Marianne darf das Kind nicht bleiben, und plötzlich steht Peter mit Babywindeln, Strampelhosen und Flasche allein da. Was nun? Band 207

Tag für Tag hat Karla neben ihren Kolleginnen im Blumengeschäft gesessen. Aber was die anderen Mädchen denken, wie sie leben, hat sie nicht erfahren. Karla spürt, daß eine Wand zwischen ihr und den anderen besteht. Sie merkt, daß sie immer davongelaufen ist vor den anderen, und sie begreift, daß sie nicht dümmer ist als andere. Erscheint Juni 1980. Band 249

Die fünfzehnjährige Paulina ist allein zu Hause. Ihre Mutter macht für ein paar Wochen eine Kur. Paulina lebt weiter wie bisher: sie geht zur Schule und jobbt für ihren Unterhalt. Das Jugendamt wird aufmerksam: Darf ein Kind so leben wie ein Erwachsener? Als das Mädchen noch Blues, den Jungen aus dem Heim, bei sich aufnimmt, ist das Maß voll: Paulina gehört unter Aufsicht. Band 191

Petra wird Werkzeugmacher(in). Zuerst witzeln die männlichen Lehrkollegen: keine Muskeln, kein Gefühl für das Material, eine Frau in unserer Männerwelt - geht doch nicht. Petra setzt sich durch, sie schafft ihren Beruf ohne Bonus und Vorgabe. Am Schluß werden Mädchen vorgestellt, die in Männerberufen arbeiten. Erscheint August 1980. Band 252

R 3/80